f
H
M
futami
HORROR
×
MYSTERY

前夜祭

針谷卓史

Hariya Takushi

イラスト　遠田志帆

デザイン　坂野公一（welle design）

contents

第一話　職員会議ミッドナイト

キーンコーンカーンコーン

午後十一時二十分。

もし授業がずっと続いていたなら、十五時間目が始まる合図だ。

もちろん、学校内に残っている生徒などいない。北棟——HR教室が並ぶ校舎に人影はないし、西棟や体育館にだって、もう誰も残っていないだろう。

煌々《こうこう》と明かりがついているのは、僕らのいる職員室だけだ。ここには、まだ人が残っている。僕をふくめて、五名の教員たちだ。

身延《みのぶ》しずか教諭は、ネコ柄のブランケットにくるまって、椅子の上で体育座りになっていた。ほどけた長い髪が青白い顔の前にかかっている。さっきから膝の上に顎をのせてどうにか眠ろうとしているらしいが、きっとそれが叶《かな》うことはない。

卯木山公太《うきやまこうた》教諭は、腕組みをして、自席でじっとしていた。平静を装っているつもりのようだが、その唇が紫色だ。

乙川緋子《おとかわひのこ》教諭は、自分の席の、異様に片付いたワークスペースを睨《にら》みながら、「どうして、こんなことに」と、なにかに取り憑《つ》かれたみたいに繰り返している。当然のことだが、彼女の問いに答えられる者など、ここにはいない。

羽越登《はごしのぼる》教諭は、生徒会顧問団の棚を熱心に漁《あさ》り、錐《きり》だの金槌《かなづち》だのといった物騒なものを近くの机に並べている。恐らく本人は無意識なのだろうが、二十秒に一度くらいのペースで「糞《くそ》っ、寒いな」「畜生、畜生」と言っている。それを言うたび、彼の内にある殺意が、行き場を見つけられないまま、ちょっとずつ膨らんでいくのが見て取れるようだ。

そして僕——保科一章《ほしなかずあき》は、そんな四人の同僚を見つめながら、身体を小さく、固くしていた。目を閉じると、その瞬間、顔の前に恐ろしいものが迫っているような、そういう緊張感が、もう三時間も続いている。

職員室には二カ所の扉があって、そのどちらにもスチール製の大きな書類棚が押し付けられている。これで外側からの侵入を防いでいるわけだが、それは同時に、僕らが外へ出られないことも意味している。外の世界から隔絶された職員室。異空間の中で、南棟の二階にあるこの大部屋だけが儚《はかな》く浮かび上がっている。そういうイメージもまた、僕の心を追い詰めていた。

僕だけじゃない。この場に残された五人とも、加速度的におかしくなってきている。

チャイムの、最後の一音が響く。

深夜の職員室に、暗い廊下に、誰もいない教室に、静寂に包まれた体育館に、鐘《チャイム》の音が、まだ余韻を残している。

——どうして、こんなことになったんだろう？

油断すると、乙川さんの独り言に思考が乗っ取られそうになる。

どうしてこんなことになったのか、今、そのことをいくら考えてみても意味がない。いや、意味がないのではなくて怖いのだ。僕たちはきっと、向き合わなければならないことを、恐れている。この閉鎖された職員室の中で、その「向き合わなければならないこと」が何なのかもわからないまま。

七時間半前——つまり午後三時に始まった緋摺木《ひするぎ》高校の定例会議は、なんと五時間に及んだ。
その会議で何が話し合われたのか、もう断片的にしか覚えていないが、振り返って思うことは3つ。
①「会議の長さ」と「得られる成果」は反比例する。
②この学校の教員たちは仲が悪い。というより、互いに心底から憎み合っている。同

じ空間で仕事をし続けるうちに、イヤな感情だけが溶け残って、暗い湖の底に堆積していっているのだ。

そして③。もし、この会議がもう少し早く終わっていたなら、僕たちはこんな目に遭わずに済んだんじゃないか？


午後十時過ぎ。僕らはまだ学校にいた。ほとんどの同僚は定例会議が終わると速やかに帰宅したようだったが、明日から始まる学校祭の責任者である僕と身延さんにとっては、ここからが仕事の佳境といって良かった。

「とはいえ、あと十二時間だよ。保科くん」

緋摺木高校の校章がプリントされたマグカップに固形スープを落としながら、身延さんが言った。

「祭りが始まっちゃえば気楽になるよ。こっちは黙って見守ることしかできなくなるんだから」

僕は、生徒が持ってきた後夜祭プログラムから顔を上げた。

「そういうものですか」

身延さんが後ろで結った髪を揺らしながら、電気ケトルの熱湯をマグカップの乾燥春雨に注いでいる。そんな彼女の挙動を、僕は何となく目で追ってしまう。

運が良かった、と思う。

〈静かなるオプティミスト〉の異名を持つ身延しずかさんとの仕事は悪くなかった。時には彼女の根拠ない見通しの甘さに面倒をかけられたこともあったけれど、それ以上に彼女は未熟な僕をフォローしてくれていた。この半年間でずいぶん成長できたような気がする。

——と。

「あれ？」

視線を身延さんからプログラムへ戻した拍子に、僕はとんでもない間違いを発見してしまった。どうして今まで気が付かなかったのだろう。表紙の「後夜祭」が「前夜祭」になっていて、日付も間違えている。

「保科くん、どうした」

身延さんは熱湯の注がれたカップの底をじっと見下ろしながら問うてきたが、それほど強い関心がある風ではなかった。

「これ、『前夜祭』ってなってますよ」

「『前夜』って、今晩のことじゃない」

「安酸結愛《やすかたゆあ》らしからぬミスですね」

「ちゃんと日付が今日になっているあたり、作為を感じるな。大串《おおぐし》が何かしたんじゃないの？　このプログラム」

　僕は「確かに、ものすごく前夜祭をやりたがってましたけど、さすがにそこまではしないでしょ」と応じながらパソコンを開いた。「もう、こっちで打ち直して印刷し直すしかないですね。彼女にデータだけでも送ってもらいましょうか」

「まあ、ちょっと遅いけど、しかたないよね」

　しかし、液晶画面に現れたのは「サーバーにアクセスできません」という文章と、赤いエクスクラメーションマークだった。

「あれ？」

　画面の右下にある校内LANとの接続を示すアイコンが消えている。

「保科くん、今度はどうした」

「サーバの調子が悪いみたいです」

「また？」にわかに語調が強くなる。「最近こういうこと、多いよね」眉間に皺《しわ》を寄せたまま、身延さんは依然、カップの底を見詰めている。フリーズドライの四角い塊が、熱湯で少しずつ崩れていく様子を見届けないと「スープ代の元が取れない気がする」のだそうな。そのままの姿勢で「学校もこういうところでケチらないで、もっといいサーバーを」とか何とか、身延さんは言葉を継いだ。しかし、台詞の途中でチャイムが鳴り響いた。

　キーンコーンカーンコーンという音がいつもよりも大きく、天井から降ってくるように感じられる。

僕らは会話を遮られ、ほとんど無意識に時計を見上げた。午後十時十分。仮に授業が続いていたなら、それは十三時間目の終わる合図だった。

「……服してきていいですか」

「うん。わたしもこれから軽く食べる」

定例会議が終わって二時間。休憩には良いタイミングだった。


学校の中には、僕と身延さんの他にもまだ何人か教員が残っていた。たとえば職員室には乙川さんがまだ残っていて、もともと整頓されている己の机上をさらに整理しようとしている。他にすることがないなら帰ってしまえば良さそうなものだが、今これをしなければならない理由がこの人の中では何かあるのだろう。

彼女の横を通り過ぎながら、ポケットの煙草を探す。僕は乙川さんが苦手だ。第一、服装からして許しがたい。

丸っこい体型に、どこで購入したのかチョコレート色のジャージの上下。開いた上着から、桃色の無地トレーナーが見えている。これではまるで安っぽいテディベアだ。歳《とし》は一つしか違わないハズなのに、ファッションへの気遣いが全身のどこからも感じられない。僕だって流行だとかコーディネートのあれこれには疎いほうだが、彼女が視界を掠《かす》めるたびに「多少でも外見に気を遣うことは人として大切なんだな」と反省させられる。

職員室から出ると、廊下は電気が消えて暗くなっており、空気もひんやりしていた。秋とはいえ、もう十一月だ。熱心に稼働し続ける室外機のゴーッという低音だけが、一定の大きさで非常口の扉越しに漏れ聞こえてくる。非常口の鍵は、すでに閉まっていた。ここからは外へ出られない。非常口といい職員室といい、学校施設の扉は外側から鍵を使用しないと開けられないものばかりなのだが、それがどういう理由からなのか、僕にはよくわからない。

煙草を吸うのは諦めて、そのまま仕事に戻ろうと踵《きびす》を返したところ、職員室の向かいの、つい二時間前まで「定例会議」という名の呪詛《じゅそ》合戦が繰り広げられていた大会議室に、一人の影が佇《たたず》んでいる。窓の外を眺めているようだが、街灯が逆光になっているせいでシルエットしか見えない。しかし、その大きな背中で、それが誰なのか判別できた。

「……卯木山さん？」

声をかけると、大きな影が一瞬ピクリと動いたようだったが、それ以上の反応がない。もう一度「卯木山さん」と呼びかけると、ようやく「保科」と返事した。

「まだ帰らないんですか」

「帰るのにも、エネルギーが要るんだ」

卯木山さんらしくない発言だった。会議室の中、電気もつけずに突っ立っているというのもおかしい。そんな彼を放置して職員室へは戻りにくく、僕は彼の横に並んで立った。

窓の外には、手前から順に、職員用の駐輪場、植え込み、道路、職員用の駐車場が見える。駐車場には一台、型の古い赤色のアルファロメオが停《と》まっていて、その奥は闇だ。その闇の、さらに奥を見つめるようにして卯木山さんは腰に手を当てていた。

卯木山さんは、その熱意とわかりやすい授業で生徒からの信頼も篤い三十代半ばの化学教諭だ。

「生徒がやりたがっているんですよ！　だからやらせてやりましょうよ！」などという感情論が跋扈《ばっこ》しがちな我が校の定例会議でも、きちんとした事務上の確認作業と各部署への根回しを済ませた上で審議に諮《はか》ってくるような人物なので、職員たちから一目置かれている。「将来の校長は彼だな」、そんな声を、僕は赴任して以来何度も聞かされた。

「あーあ、こんな仕事、辞めてえよ」

「え？」僕は窓の外から彼へと視線を移した。

「なんて、言ってるだけで本当には辞めないけどな。この歳じゃ、次の仕事が見つからないし」

「…………」

何と返事をすればいいのかわからなかった。あんな会議の後だから、愚痴を言いたくなる気持ちは理解できる。しかし、今のは愚痴ではなかった。ただの弱音だ。彼ほどの人物が弱音を吐くなんて。

　僕よりも劣っているところがどこにもない完全無欠の彼が。

　いや、実際にはそんなことはないのかも知れないけれど、僕の中に彼よりも優れたところを見いだせないのは揺るぎない事実だ。ついでに言うなら、約十年後、今の彼と同じ年齢になったとしても、この状況は変わらない気がする。

「あとひと息だな、保科」

「え？」

「学校祭の仕事だよ」

　今度は卯木山さんがこちらへ顔を向けた。目の光がいつもの卯木山さんに戻っている。

「こんな時に何かゴメンな。明日に向けてモードを切り替えないとな！」

「近い内、呑《の》みに連れて行ってくださいよ」僕は余り深く考えずに誘った。

「うん」と卯木山さん。口調が一層柔らかい。

　けれど、僕にはどうしても、僕ら二人が差し向かいで酒を酌《く》み交わしている絵が想像できなかった。

　卯木山さんと連れだって会議室を出たところで、再びチャイムが鳴った。十分間の休み時間が終わり、これから十四時間目だ。

「……切り忘れたのかな」と卯木山さんが天井へ目をやった。

そう言われてみれば確かに、最終下校時刻過ぎにはチャイムを止めることになっていると聞いたことがある。さっき鳴った時には気が付かなかった。

「事務、誰か残ってますかね」

何も二人がかりで行く必要はないのだが、僕らは一緒に事務室へ向かった。職員室の隣が校長室で、事務室はその隣だ。

ドアノブに手を掛けると、がちんと有無を言わせぬ音がした。事務の職員たちは全員帰宅済みのようだ。十時を過ぎているのだから、当たり前といえば当たり前だった。

「チャイムは放っておくしかないですね」と、僕はドアノブから手を離した。

「じゃあ俺は帰るとするかな」

卯木山さんは伸びをするように両腕を上げた。彼の拠点である理科研究室は、事務室の奥の階段を下り、さらに奥へ行った突き当たりにある。

僕らは事務室の閉ざされた扉の前で別れた。

「明日は体育館の入場整理、よろしくお願いします」

「おう、お疲れさん」

しかし僕らは、この日の内に再び相まみえることになる。

職員室に戻ると、エメラルドグリーンのベストが目に飛び込んできた。羽越さんだ。この人の場合、乙川さんとは逆に、服装へ過度なこだわりを発揮した結果、それが裏目に出ている。今学期は、そのベストの上からさらに濃紫のジャケットを羽織っていたせいで生徒たちから〈初号機〉という渾名《あだな》をつけられたことを、たぶん彼は知らない。

職員室の空気は固かった。

スープ春雨に箸を突っ込んだまま、身延さんが何か言いたげな視線を送ってくる。

僕はこっそり、彼女にうなずいて見せる。

乙川さんと羽越さんは、業務に支障が出るレベルで仲が悪い。

羽越さんの目の前で、乙川さんが冷気を放ちながら整理整頓の手を早めている。まるで、場の雰囲気をいっそう険悪にする使命を帯びてここに居座っているかのようだ。

「保科くん、轟《とどろき》さん見なかった?」と、澄ました口調で、身延さん。

「いえ、職員会議の後は一度も」

「そっか、見てないか。困ったな」乙川さんのほうを向いたまま一時停止していた羽越さんが、急に動き出した。苦笑いを浮かべて白髪頭を掻《か》く。「僕、さっきから捜しているんだけどな。どうしてこういう時に帰っちゃうのかな、あの人」

彼が言葉を区切るたびに、鑿《のみ》を打ちつけられたように乙川さんの眉間の皺が深くなる。

(知らねえよ。少なくとも職員室にいないことくらいわかんだろ。他を捜しに行けや)。

傾いた首、狭められた肩、突き出された唇から、思考がダダ漏れになっている。この人の不機嫌な姿を見ると、「大人になり、社会に出たにもかかわらず、これほどネガティブな感情を人前で露《あら》わにしていいものなのだろうか？」と疑問を抱かずにはいられない。そういえば、羽越さんにも同じことが言えるから、案外この二人は心根の部分がよく似ているのかも知れない。

「少なくとも二時間前から、轟さんの席に鞄《かばん》はありませんよ」と身延さん。

「何だよ。参ったな、帰っちゃったのかよ。大事な話だったのに」

本当に参っているのか、我々に「参ったな」と言いたいだけなのかよくわからない。

「あっ」と、ここで思い出した。

轟さんはまだ帰っていない。確かに、職員室の彼の席には上着も鞄も残されていないが、彼はまだ学校にいる。かなり不自然な状況だが、間違いない。

「あの。まだ校内にいると思いますよ、轟さん」何とも言いようのない不安に背中を押されて、僕は言った。

それを聞いた乙川さんが、大仰にため息をつく。（保科、お前余計なことを言うなよ）と表情筋だけでこちらにメッセージを送ってくる。

「え、何でわかるの？」と身延さんが目を丸くする。

「先刻、会議室から見えたんですよ。轟さんのアルファロメオ」

「じゃあ、どこに――」羽越さんは言いかけて止め、「しょうがない、もう少し捜してみるか」と己に向かって呟《つぶや》く口調で言って足早く職員室から出て行った。

羽越さんの足音が廊下の闇に溶けて消えると、職員室内の空気が緩んだ。乙川さんの整理整頓スピードが緩やかになり、身延さんがスープ春雨にふーっとため息を吹きかける。

僕は自席に腰を下ろし、再度液晶画面の右隅に目を向けた。パソコンは依然、ネットワークから切断されている。これでは後夜祭のプログラムはおろか、入場整理券も作れない。学校祭は明日からなのに。帰宅できない。

下宿先までの道程に、何か面白いものがあるわけではない。あるのは、シャッターの閉まったままの工場とアメリカンスクール、地域の共同墓地と石材店だけだ。就職したばかりの頃は、あちこち散策してみたが、そのたびにひどくガッカリしたものだった。

「ケータイの電波が届かないような田舎なんです。だから教職員も生徒も校内にスマホなんて持ち込まないんですよ」と人事担当の職員に言われた時は、「何を大袈裟な」と笑ったが、就職面接のために初めて乗った「三十分に一本しか来ないバス」の車窓から素っ気のない景色を見るにつけ、これは本当に携帯が使えないかもしれないと思い直し、バス停から緋摺木高校まで液晶画面を見ながら歩いた。校門を境に、外の世界を遮断する見えない結界でもあるのか、一歩構内に足を踏み入れた瞬間「圏外」と表示された。

アパートでやりたいことがあるわけでもない。僕はただ、アパートに帰りたかった。熱い湯船に浸かっていると、今日あったいろいろなイヤなことが汗と一緒に身体から溶け出していく。古いセラミック製の青い浴槽に、タールみたいな黒々とした靄《もや》が広がっていくイメージ……。

向かいの席で身延さんはまだ春雨をつついている。スープを啜《すす》りながらファッション通販誌のページを繰っている。その様子は、今日の仕事が今日のうちに終わることをすでに諦めている人の姿に見えた。

僕は机の引き出しからインスタントコーヒーの瓶を取り出し、ふと職員室の窓から北校舎へ目をやった。北校舎は生徒がＨＲや授業で使用している棟で、今はすべての教室の電気が消え、学校祭に向けてカーテンがすべて取り外されている。前後二か所のドアは各々施錠されているため、三つのフロアに密室がそれぞれ八つずつ並んでいる格好だ。その内の一つ——あれは三階なので三年生の教室だが、そこで何か物影が動いた気がした。

無論、錯覚に決まっている。

陽《ひ》が短くなるこの時期は、最終下校時刻が午後六時に定められていた。今日だって、職員会議の最中に日直の轟さんが「生徒の追い出しをしてきます」と断って中座したのを、僕ははっきりと覚えている。

「どうしたの」身延さんが小首を傾《かし》げて僕の視線の先へ目をやった。そこには段ボールや色画用紙、ガムテープで汚らしく装飾の施された黒い教室の窓が並んでいるだけだった。

「ちょっと、ぼーっとしちゃって」僕は笑って見せた。

「幽霊なんていないわよ」

「そういう不気味系は、全部ヒスルギ様が引き受けてくださっているから」

真面目っぽい口調だが、冗談を言っているのがわかった。この人は他人をからかう時に眉が上がる。

ちなみに「ヒスルギ様」というのは学校のすぐ裏手にある神社のことだ。入口に立っている石塔には「緋摺木神社」と記されているものの、地元の人々は「ヒスルギ様」と呼んでいる。

「様」をつけて呼ぶくらいなら大切にすれば良さそうに思うのだが、神社へ続く石段はあちこち割れていて、そのすき間から雑草が生い茂っているというありさまだ。宮司《ぐうじ》らしき者の姿も、見たことがない。宮司どころか、境内に人が立ち入ることも滅多になく、それをいいことに、心ない連中が拝殿の前で花火を打ち鳴らしたり、涸《か》れ井戸に家庭ゴミを廃棄したり、境内の祠《ほこら》に子どもを押し込んで折檻《せっかん》したり、と放逸なふるまいをしている。ここ最近に至っては、鳥居の下でわざわざ小動物を解体する不届き者まで現れる始末だという。

「そうそう不気味と言えばさ」

食べ終えたのだろうか、身延さんはカップの中を名残惜しそうに見つめながら話を続ける。

「実際、あれやってるのってウチの生徒なのかな」

「どうなんでしょうね」

「あれ」とは、もちろん「鳥居の下でわざわざ小動物を解体」の件をさしている。先ほどまでの職員会議で話題になっていた案件だ。

情報源がどこなのか知らないが、動物の遺骸が放置されるようになったのは今年の九月くらいからで、最初はトカゲやら蛙《かえる》だったものが、鼠《ねずみ》、鳩《はと》、猫とだんだん大きくなっていき、このひと月はもっぱら猫ばかり解体されている。

それだけでも充分気色の悪い話なのだが、なおイヤなことに、死んだ動物たちからは毎回どこか一、二カ所のパーツが持ち去られているのだそうな。

「ね、賭けない？」身延さんは束ねていた長い髪をほどいて、さっきまで読んでいた通販誌の上に身を乗り出した。

「犯人、うちの生徒だと思う？」

身延しずか。

教頭から新人（僕のことだ）の教育係を仰せつかるほど聡明で、もうじき三十代と言われても俄《にわ》かに信じられないほど若い、というより幼い顔立ちをしたこの英語教員は、外見同様の幼い精神性を垣間見せることがある。で、今回のこの「賭けない？」発言である。

「身延さん。僕が『ウチの生徒は、やっていない』に賭けたら、その逆へ張るつもりなんですか?」

「そりゃ、そうだよ。賭けが成立しなくなっちゃうじゃない」

僕が言いたかったのは、「ウチの生徒が、やった」に賭けるのって、教育者としてどうなんだ、という話なのだが、やはりこの人には通じていない。

「緋摺木生なわけがないでしょう。最初から成立しませんよ、こんな賭け」

「おっと。果たして、どうかな」彼女は小さな唇を一層すぼめた。

「え、誰か、心当たりでも——」あるんですか? そう続けるよりも先に、「不謹慎!」と乙川さんがいきなり噴火した。

「冗談でも、ウチの子たちが犯人かどうかなんて話はしないで! あなたたち、教師として、恥ずかしくないの?」

「すると、乙川ちゃんは『ウチの生徒は、やっていない』側に賭けるのかな?」

「え、何でそうなるの? わたしの話をちゃんと理解できてる?」

さっきから、僕と身延さんが一緒にされていて、僕としては大変不愉快だったが、僕は黙って二人のやりとりを聞いていた。

「もちろん理解してるけど、わたし的には、あなたが正論を吐いたり『教師として』とか言っているほうが、よっぽど不謹慎に感じられる。……この話、続けちゃって大丈夫?」

乙川さんは、クッと唇を嚙《か》むと、再び背中を向けて片付けを続ける。そんな一連の動作が、いちいち昼ドラじみていた。

やれやれ。僕は静かにため息をつく。――いや、正確には、ため息をつこうとしたのだが、その瞬間ゴウンッ！　という重たい音が天上から響いた。弾《はじ》かれたように音源へ首を向ける。

職員室内のダクト。そこから勢いよく風が吹き込んでくる。何だエアコンか、と納得しかけたが、これはよく考えてみればおかしなことだった。

空調機械室は事務室の奥、研究室棟の突き当たりにある。

身延さんが「ここはパプアニューギニアか！」と叫んで暖房を止めに行ったのが一時間くらい前で、それからだんだん職員室の気温は外気に近づいていき、今はだいぶ寒くなっていた。だから、このタイミングでエアコンが稼働してくれたのは正直ありがたかった。

しかし問題は「誰がつけたのか」だ。

職員室には我々三人しかいない。空調機械室の真下には理科研究室があるから、卯木山さんか轟さんがつけたのかもしれないが、職員室が今どういう温度なのかも確かめず、いきなり暖房を稼働させるなどということがあるだろうか。

「……なかなか暖かくならないね」

ダクトの前に手を差し出していた身延さんが首を傾げる。

「そんなにすぐ温風は出ないですよ」

どうしてこの人は、ちょっと待つということができないのだろう。

僕は半ば呆《あき》れながらも、彼女に倣って壁の上方に手を伸ばした。確かに、吹き込んでくるのは痺《しび》れるほどの冷風で、彼女が文句を言いたくなる気持ちもよくわかった。

「――これ、冷房じゃない？」

「いや、そんなわけないですよ」

さっき身延さんが止めに行った時まで暖房だったものが、今は冷房になっている。としたら、これを操作した人間は、暖房にセットされていたレバーをわざわざ冷房へ切り替えたことになる。

羽越さんが職員室に戻ったのは、僕らがダクトから手を下ろした時だった。

「どうなっているんだろう、おかしいよ」と彼は出て行った時と寸分違わぬ苛立《いらだ》ちを見せた。「保科くんの言う通り、確かに轟さんのアルファロメオはあったよ。それなのに、いないんだよ、彼。どこにも」

「なんだ、まだ捜していたんだ」と、乙川さんが険のある口調で言った。

「心配ですね」と身延さん。眉を顰《ひそ》め、乙川さんを無言で窘《たしな》める。

「放送で呼び出してみましょうか？」と僕。

校内放送用のマイクは、出席簿の棚の真下にある。僕はマイクを握り、放送を知らせるチャイムを鳴らした。ピンポンパンポンという明るい音が、場の空気にそぐわない。

『お呼び出しいたします。轟先生、轟先生。まだ校内にいらっしゃいましたら、職員室まで御連絡ください。轟先生。まだ校内にいらっしゃいましたら、職員室まで御連絡くださ
い』

マイクのスイッチを切った。僕の声が、すばやく闇へ溶け込んでいく。底のない井戸に石を落とし込んだような感覚だった。

「車を置いて帰った、とか」

そう言ってみたものの、そんなことはありえない。羽越さんも、僕の言葉に反応しない。

「バカじゃないの」

しばしの沈黙の後、乙川さんが吐き捨てるように呟いた。「まだ学校にいる。なのに見つからない。リアクションもない。となれば、どこかで寝ているに決まっているじゃないの。あの人、しょっちゅう理科研究室で眠っているんだから。論理的にものを考えられないのかしら」

「だから。その準備室にいなかったんだって」

羽越さんは乙川さんの挑発には乗らなかった。というより、乗るだけの余裕を失っていた。先程の放送から五分、十分と経過して、それでも轟さんから何のリアクションもない。さすがに、職員室内の誰もがこの状況をおかしいと思い始めている。乙川さんが文字通り

の意味で使ったであろう「どこかで寝ている」が、不気味な迫力でこちらに迫ってくるような気がした。

我々は互いに黙ってしまい、代わりに空調の音が一段上がった。

乙川さんは、机に手を滑らせながらぼんやりとしている。これ以上片付けられそうなものが見当たらず、途方に暮れている風だ。

羽越さんは、職員室の窓から南校舎を眺めている。彼が担任をしている三年三組の教室の窓には段ボールが一枚ずつ貼り付けられており「ヒスルギ様と遊ぼう」という文が赤いペンキで殴り書きされている。もともとは「不気味男爵の館」とかいう無難な企画名だったものを、昨今の事件を受けて無断で変更したらしい。

「ユーモア」と「悪趣味」を履き違えた、高校生らしいふるまいと言ってしまえばそれまでだが、学校祭へは地域住民も数多く訪れるのである。それを考えると頭が痛い。問われるのは生徒の知性ではなく、学校の見識だ。

「どうしたんでしょうね、轟さん」

僕はコーヒーに口をつけた。もうぬるくなっている。

「まだ繋《つな》がらない？」と身延さん。

「え？」いきなり訊《き》かれて何のことだかわからない。

「パソコン。サーバー」

「ああ」

画面右隅のアイコンは依然点灯していない。

昨日も、ネットに全然繋がらない時間帯があった。あの時は、ほどなく復旧したのだが……。

轟さんのことといい、エアコンのことといい、タネが明かされればきっと他愛もない出来事なのだ。でも、これだけ連続で起こると、些細《ささい》な一つひとつの事柄が、それぞれ一本の糸で繋がっているようで不吉だ。

「繋がりませんね」と答えながら、まるで自分たちが世界中からの繋がりをすべて断たれたような気持ちになる。

「ううむ」

流しに立って自分のマグカップを洗いながら、身延さんは唸《うな》った。乙川さん同様、事態をそれほど深刻には捉えていない様子だ。それどころか「どうも流れが思わしくないようだから、いっそのこと帰って寝よう」などと言い出した。

「帰る？」目を剝《む》いて問い返す。

「運気が悪いんだもん。こういう時って、何をやってもダメだ。明日の早朝に仕切り直したほうが上手くいくよ」

「それだと、たぶん割と間に合いませんよ」

「その時のことは、その時のわたしが何とかする」

「いや……」言い回しは格好いいが、「その時のわたし」に過大な責任を負わせすぎだ。我々教員たちと生徒との緊張関係をふまえると、朝のHRで「後夜祭のプログラムと入場整理券ができていません」と言うのはマズい。

「運気が悪いんだから不可抗力」

「マジでそういう言い訳をする気ですか」

「大丈夫だって。どんなことになったって、我らが生徒会長様が収めてくれるよ。彼女に任せておけば、こっちは大船の乗客だよ」

「………」

安酸結愛は、確かに完全無欠の生徒会長だった。成績も運動神経も抜群、おまけに目鼻立ちも整った、二年連続の「緋摺木高校ベスト・ルッキング大賞（非公式）」だ。彼女に任せれば万事問題なく解決するだろう。が、そこまで彼女に頼りきりになってしまっていいものなのだろうか。というか、やはり身延さんを僕の「教育係」に任命したのは人選ミスなんじゃなかろうか？

しかし僕は反論しなかった。

轟さんの件も中途半端で気持ち悪かったが、僕はひたすら帰りたかったのだ。

「じゃあ」と僕は腰を浮かせた。

しかし、もう手遅れだった。

職員室のドアを開いた身延さんが一歩こちらに下がってきたので、「どうしたんですか？」と扉の奥へ目をやったら、そこに土気色の顔をした卯木山さんが魂を抜かれたように突っ立っていた。

「まだ切りかわってないんですか、モード」

「ちょっと見て、これ」

軽口をきいた僕のことばを無視して、彼が右手を差し出した。バネ仕掛けの腕が跳ね上がったみたいな動きかたで、さすがにちょっと異様さを感じながら見ると、その掌《て》に青白い貝のようなものが載っている。

「耳」と卯木山さんが呟いた。身体に似合わぬ、小さな声だった。言われてみれば、それは確かに人の耳以外の何物でもなく、「あ、本当だ。耳ですね」と僕は頷《うなず》いた。

「右の耳だよ」

身延さんが、なぜか得意そうに胸を張り、「どこに落ちていたの」と聞いた。

僕は耳たぶらしいものを目印にして、それが本当に右の耳なのか確認しようとしたのだが、疲れているせいか、頭がうまく働かない。

「よくできていますね」

「どうせ『不気味男爵の館』だよ。あのクラス、この間も注意したんだよ。大串が自分そつくりの生首を蹴っててさ」

「『ヒスルギ様と遊ぼう』です」と訂正する。

その時、いきなり背後で悲鳴が上がった。

振り返ると、乙川さんが自分の机の前で尻もちをついている。衝撃で大学入試関係の資料が少し崩れていて、何だか滑稽だった。しかし、彼女が発したことばは滑稽ではなかった。

「それ、耳！　本物の人の耳よ！」

――は？

かすかに赤味を帯びた複雑な造形……。切断面の赤黒い色彩がわざとらしく、いかにも作り物じみていると思っていたのだが、これは、粘土ではない？　本物？　血液が固まるとこういう色になる？　心が沸騰したようになり、何も考えられなくなる。お化け屋敷の企画なら、各学年に一つずつあるし、今は学校祭の前夜である。本物に似せた人体のパーツなんて、学校のどこに落ちていたって不思議じゃない。だから、それは本物の――誰かから切り取られた耳であるはずがない。

そんな壊れかけた思考をぐるぐる走らせながら、卯木山さんの表情を見る。彼は職員室に現れてから、まだ一度も口をきいていない。

「それ、轟さんじゃないか！」

後方から首を伸ばして、羽越さんが小さく叫んだ。

「轟さんの耳だよ！」

「轟さんの」

卯木山さんが、夢から覚めた人のような顔になって羽越さんを見詰めた。と思ったら、

「うわっ」と叫んで掌の耳を振るい落とす。

人の耳とは、こんなに大きな物だったっけ。音もなく床に落ちた人体の一部を見下ろしながら、僕はきちんと働かない頭でそんな感想を抱いた。

「なんで、これが轟さんの耳だってわかるんですか」ふと気になって問いかけた。あえぐような声になってしまう。

「だって彼、右の耳の――耳珠《じじゅ》のところにホクロがあるだろ」

「耳珠？」身延さんが眉を顰《しか》める。

「耳の、ここだよ」羽越さんが自分の耳の、内側にある出っ張りを指した。

「なんで、同僚の耳について、そんなに詳しいんですか？」

尻餅をついたまま、乙川さんが声を震わせる。その割に「なんか、そういうの凄《すご》く気持ち悪い」と、余計な一言を加えるのも忘れない。

羽越さんは、そんな乙川さんの発言を無視して「どこに落ちていたんだ？」と卯木山さんの肩に手をかけた。

「理科研究室から、ここに来る途中の、階段の踊り場に」

卯木山さんは誰にも視線を向けず、短く区切りながら答えた。

「他に何も落ちていなかったか？」

そんな羽越さんの問いに、はっと顔を上げる。

「明るいところには、これしか……でも、暗いところは、その、暗かったので」

卯木山さんが、歯切れ悪く答えた。

轟さんが、学校の中にいる。それも、耳を失った状態で。それだけで大事件であり、大騒ぎになるべき案件なのに、職員室の外からはエアコンのダクトからの低音以外、何の音も聞こえてこない。耳の他にも、何か落ちているんじゃないか？　という悪い予感が膨れ上がっていく。次第に冷えていく職員室の中、じわり、と粘度の高い汗が身体中に滲《にじ》んだ。

「昆虫とか小動物を面白半分に殺すような人は、より大きなものへと標的を変えていく傾向があります。ヒスルギ神社の犯人が当校の生徒であれ外部の人間であれ、今後わたしたちは最大限に注意していく必要があるでしょう」

職員会議ででっぷりとした体型の男性スクールカウンセラーが妙に高い声でそのようなことを言った時、僕はそのありきたりな説明にウンザリしていた。「悩みを抱えた時は、周囲に話すと気持ちが軽くなるものです」など、この男の言うことは以前から当たり前すぎ、というか新たに得るものが何もなく、正直、この程度の知識を示すだけなら僕にでもできそうだった。僕はカウンセラーという人種を信じていない。

「もし、その犯……不適切なことをしている人物が当校の生徒である場合、その生徒は学校での日常生活で既に常軌を逸したような言動などが認められると思いますか？」

そう質問したのは卯木山さんだった。

「日頃から問題行動が多いとか、友達がいないとか、そういうことはあるかもしれませんね。でも逆に、そういう生徒だから、という理由で疑いをかけるのは良くないと思うんです。案外、外で残虐なふるまいをする人は、社会の中ではおとなしかったり真面目だったりする場合もありますから」

――何だ、それは。それじゃ何も言っていないのと同じではないか。

僕はカウンセラーの返答に呆れて卯木山さんへ目をやったが、彼は「なるほど、そうですか」と、その回答に不満げな様子を見せることはなかった。

「どうして、すぐそうやってウチの子たちを疑うようなこと言うのかしらね」

僕の背後でそんな私語が聞こえた。

私語にしては大きな声だった。

乙川さんはこの発言を、すぐ隣に座っている池尻《いけじり》さんに投げかけたようだったが、池尻さんのほうからは少し身体を動かす気配がしただけで、それ以上のリアクションはなかった。

乙川さんの馬鹿げた言葉は、明らかに卯木山さんにまで届いていたはずだったが、卯木山さんは分厚いスケジュール帳を広げて、そこに何やら書き込んでいるだけで特別表情を変えることはなかった。

――卯木山さんは、誰か特定の生徒に心当たりがあるのではないか。

ふと、そんなことを思った。


僕は、羽越さんと連れだって廊下へ出た。

本当は、轟さんの耳が落ちていた現場になんて行きたくなかったのだが、羽越さんは「落ちていた現場を見ておかないわけにはいかないだろ」と妙にこだわった。そんな彼を独りで行かせるのはよくない、という展開になり、気が付くと消去法で僕が同行することになったのだ。

廊下へ一歩踏み出すと、いきなり羽越さんが「何だよ、外のほうが暖かいじゃないか」と文句を言った。確かに、職員室と廊下で、ずいぶんな気温差があった。ということは、やはり身延さんの「これ、冷房じゃない？」という疑念は正しいのかもしれない。

「羽越さん。空調室のレバー、冷房に切り替えました？」

「え？　俺が？　何で？」

「ですよね」応えた瞬間、軽く眩暈《めまい》がして、僕はその場で足を止めた。

この先に行ってはいけない――本能的にそう感じた。

目の前の廊下は電灯に照らされて明るく、いつもと違った様子はなかった。しかし、その奥――事務室や階段のある暗がりへ進むのに、生理的な抵抗がある。

「池尻さんとか、勝手に切り替えちゃいそうだよな。暑がりだし」

一人肯《うなず》きながら、羽越さんはずんずん奥へ進んでいく。僕は「羽越さん」と彼の背中に呼びかけた。声が届いたのか、ふと羽越さんが事務室の前で足を止める。

「やっぱり――」戻りませんか？　そう言いかけた僕の台詞を遮って、羽越さんが言った。

「そういえばさ、保科君って、どっち側なの？」

「は？」間の抜けた応答になる。質問の意味が全くわからない。

「別にいいから。しらばくれなくても」

「いや、本当に何の話ですか」

「だから。君って『轟派』なの、『池尻派』なの？」

「…………」それで質問の意図はわかったが、同時に虚脱感に襲われた。

「どっちが教頭になってもいいですよ」

「そんなことを言って、卯木山と仲がいいから『池尻派』なんだろう」

「あの人、『池尻派』なんですか」

「知らなかったの?」

「今度、職員名簿を色分けしてください。僕、人数の多いほうの派閥に入りますから」

「君って、何だか凄いな。そんな処世術ってあるのか?」

「関心がないだけです。羽越さんが五万円くれるっていうなら、今すぐ『轟派』になってもいいですよ」

羽越さんは黙った。腕組みをして、何やら考え込んでいる。

「そんなことより、心配じゃないんですか?」

「耳?」

「耳っていうか、轟さんですよ」

「どこかで平曲でも弾いているんだろ、全身に念仏を書いて」

不謹慎であるのみならず面白くもない冗談を言って、羽越さんは笑った。

「これが『耳なし芳一《ほういち》』なら、もう片方の耳も探さないといけませんね」と尻馬に乗って僕も笑ったが、愛想笑いをしている口から吐瀉物《としゃぶつ》が溢《あふ》れそうになった。なんとかこらえて涙をぬぐった、その拍子に、ようやく気が付いた。嫌悪感の正体。どうしてここまでわからなかったのだろう?

「この臭い」

「……本当だ、臭うな……」

全身が拒絶するこの臭いを、僕はどこかで嗅いだことがある。

それは、廊下を奥へ進むほど強くなっていく。

——魚？　……違う。

この、押しつけがましい臭いは魚というより、魚を調理する時に流れる血だ。錆《さ》びた鉄に似た、むせかえる臭気。

「羽越さん……これ……」

「卯木山は、耳しかなかったって言ってたぞ。耳しかなかったって」

「いや、そうですけど」

事務室の奥は受付スペースになっていて、先ほど卯木山さんが上ってきたという階段の天井には電灯が一本ジリジリと灯《とも》っている。卯木山さんの言う通り、それに照らされた床には確かに何も落ちてはいなかった。けれど、その周囲の暗闇は、思いのほか広くて深かった。

「あ」

窓際から気配を感じて、僕は思わず声をあげた。応接用のソファに誰か座っている。というか、突っ伏している。ソファの向かいにあるローテーブルに頭をのせて、ほとんど土下座の姿勢だ。

「轟さん？」

——職員会議が長かったから、ついこんなところで眠ってしまったんだろう。そう、僕は納得しかけていた。卯木山さんが言っていたように、帰宅するのにだってエネルギーが要るのだ。しかし、こんな体勢で寝ていたら、かえって苦しいんじゃないか。

「轟さん、風邪ひきますよ」

再び声をかけて、彼の肩に手をのばした時、いきなり辺りが明るくなった。

「ひぃいっ」

喉が、僕の意志を待たずに細い悲鳴を発した。

テーブルに突っ伏していたのではない。轟さんの頭は、胴体から離れていた。光を失った眼球が、片方だけ開いて、何もない空間を見つめている。

振り返ると、羽越さんが、壁のスイッチに手をかけた姿勢をキープしたまま座り込んでいた。顎が震えていて、声も出せずにいる、といった様子だ。そういう僕も、這《は》いつくばったまま轟さんの首から逃げた。テーブル奥の床に、左右どちらだかわからないが、手首が落ちているのが見えた。

「うう」

羽越さんがうつむいた、と思ったら、咳《せ》き込むように吐いた。吐き終えるのが待ちきれないかのように、また嘔吐《おうと》を重ねる。

応接セットの椅子に腰掛けていたのは、轟さんの胴体部分だけだった。冬瓜みたいな胴の下に、ぺたんこのズボンが、裾を投げ出すように敷いてある。事務室の受付窓口に立てかけてあるのは、上腕だろうか大腿部だろうか。

あまりにも現実離れしていた。超悪趣味な現代アートを見せられているような感覚。

頭の中で、調子の外れた音楽が大音量で流れ続けている。僕は、そして羽越さんも、しばらくの間、無言でパニックに陥っていたのだ。

職員室に戻ると、乙川さんが独りで叫び続けていた。警察か救急車を呼ぼうとしたのに、どの電話も繋がらないらしい。それは一大事だ、とは思うのだが、こっちにはもう驚く元気は残されていなかった。職員室に残っていた身延さん、卯木山さんも、乙川さんに反応していない。たぶん、ずっと「繋がらない！　繋がらない！」と念仏のように聞かされ続けていたのだろう。二人とも、虚脱しているのか、何かを思い出そうとしているのかよくわからなかったが、僕らが入ってきた時には完全な静止状態だった。

僕と羽越さんが職員室のドアを閉めて数秒後、三人がゆっくりとこちらへ顔を向けた。思わしくない判決を下される罪人みたいな動きだった。

僕は、たった今見てきたばかりのものを、どう説明していいのか迷っていた。僕自身がまだ、あの凄惨な光景を呑み込めていなかった。低予算で作ったスプラッター映画を思わせる死骸。鼻腔《びくう》に残った臭いが、作り物じみた死骸に異様な生々しさを与えている。

「轟さん、死んでたぞ」羽越さんがうつむき加減のまま、ぽつりと呟いた。

長い嘆息の後、卯木山さんが「殺されていた……ってことですか？」と問い返す。半ば覚悟していた表情だった。

「バラバラだったよ」

乙川さんは、目を見開いたまま、どさりと椅子に尻を落とした。

「誰がやったの？　何で、そんなこと……」

「犯人なら、まだそこら辺にいるだろうから、訊いて来いよ」

羽越さんが口を歪《ゆが》ませた。こんな状況でも皮肉を言わずにいられないらしい。

「これで学校祭は中止だね」と身延さんがＴＰＯを弁えない発言。

「遺体は、確かに轟さんでしたか？」と卯木山さん。

「少なくとも、胴体は茶色のツイードジャケットを羽織っていたぞ」

羽越さんは手近な椅子を引き寄せて後ろ前に座り、背もたれに両肘をかけた。

「すると、顔は確認しなかったんですね？」

「何だよ。疑うなら、見てくればいいじゃん」

「間違いなく、轟さんでした。顔を見ました」と僕は手を上げた。

「やっぱり、なくなってた？」と卯木山さんがこちらを振り返った。

「え？」

「耳」と卯木山さんは自分の耳に手をやり、「両方ついていたなら、その耳は轟さんの耳じゃないってことになるでしょう」と床に落ちている耳を指さした。

「それって、今、重要?」と身延さんが口を挟む。

「他にも被害者がいるんじゃないかって心配をしているんだよ」

「だから、見てきなって! 心ゆくまで確認してくればいいだろ!」

三人が言い合っている脇で、乙川さんが、もともと丸い背中をいっそう丸めている。どうやら過呼吸を起こしているようだったが、僕にはそれに構う精神的なゆとりがなかった。卯木山さんは、そんな彼女の様子にまったく気づいていないのか、さらにとんでもないことを言い出した。

「言われるまでもなく見に行ってきますけど、わたしにはもう一点、気になることがあるんです。それは、あえて言葉を選ばずに申し上げますけど、すべての部位《パーツ》が揃《そろ》っているのかな、ということです」

「すべての——部位《パーツ》?」問い返す羽越さんから、怒気が完全に抜けた。

「本日の職員会議で報告があったでしょう。最近、緋摺木神社で小動物が殺傷されているって話。その被害動物からは毎回、身体がどこかしら一、二カ所持ち去られているのが特徴でした。もし、その犯人が小動物に飽き足らなくなって行動をエスカレートさせたのだとしたら」

「なるほど……」羽越さんは顎を指先でつまんだ。

「話はわかるんだけど、あんな状態だからな……。行ってみたって、轟さんの身体が揃っているかどうかなんてわからないぞ」

「ええ。だから、みんなで組み立ててみましょうよ」

「組み立てる？」

春雨をじっと見ていた身延さんが、マグカップから顔を上げた。

「組み立てる」という即物的な表現には得体の知れない凄みがあった。もちろん、卯木山さんの言わんとしていることは理解できる。もし、轟さんの身体にどこか足らない部分があったとするなら、犯人は緋摺木神社事件の犯人と同一である可能性が高いだろう。

とは言っても……。

「何言ってるの？　頭おかしくなったんじゃない⁉　わたし、絶対にイヤよ！」最初に反応したのは乙川さんだった。「絶対に手伝わないからね、そんなの！」最後は吐き捨てるような口調だったが、さすがに無理もない。

身延さんは口を開けて、目を丸くしている。

羽越さんは失笑していた。この人はだんだん、本来の自分を取り戻しつつある気がする。

「みなさんが気乗りしないようなら、わたしと保科くんで組み立てて来ようと思いますが、それでいいですか？」

「えっ？　ちょ、ちょっと待ってください！」僕は慌てて口を挟んだ。

「イヤですよ！　僕だって手伝いませんよ！　第一、マズいでしょう、轟さんの遺体をみだりに触れたりしたら」

「現場保存の原則があるのは、わたしだって認識しています。けれど、今は、自分たちの置かれている現状を正しく把握するのが、わたしたちにとっての最優先事項でしょう。違いますか？」

「…………」

ちがう。僕が言いたいのは現場保存の話なんかじゃない。卯木山さんの言っていることは間違っている。けれど、彼が間違っていることを理屈でどう説明したらいいのだろう。

僕は、さっきまで同僚だった人の頭部を持ち上げながら「左の上腕部って、まだ見つかりませんか」などと言っている自分を想像できない。僕らみんなの安全のためだ、と言い訳しても正当化できない何かを、その光景から感じ取ってしまう。

「組み立てはやめよう」と身延さんが割り箸を振った。

「どうしてですか」と卯木山さん。目つきといい口調といい、完全に業務モードだ。こうなった卯木山さんは優秀なのだが、同時にとんでもなく頑固になってしまう。

「だってさ、人間の身体をバラバラにするような相手が学校の中にまだ徘徊《はいかい》しているかもしれないいんだよ？　なのに遺体がある現場で長居するなんて、危険すぎる」

「轟さんを殺した犯人と緋摺木神社の犯人が同じかどうかって、そんなに重要ですか？」と僕。「正直、どっちでもよくないですか？」目を閉じる。瞼《まぶた》の裏に、さっき見てきたばかりの光景が広がる。白色電灯に照らされた応接室。ランダムに置かれた轟さんの頭、胴体、上腕……。

「そもそも無理なんだよ」と羽越さん。体重のかかった腕の下で、イスの背もたれがギシギシと音をたてている。「だって、そこに落ちてる耳を拾うことすらできないんだからな。俺たちときたら」

羽越さんの発言が終わるかどうか、というタイミングで卯木山さんが素早く落ちていた耳を拾い上げた。

「お」虚をつかれた羽越さんが口を丸くする。

「最悪、わたし独りでも組み立ててきますよ！」と卯木山さん。

轟さんの耳が、卯木山さんの手の中で揺れる。僕は、その直線的な断面をぼんやりと見つめていた。「卯木山さん」自然と声が出た。

「やっぱり意味がないです」

「意味があるかどうかなんて――」

「部位が揃っていなくても、神社と同一犯かどうかはわかりません。……その耳、断面の血は完全に乾いていますよね。たぶん、切断してからけっこう時間が経《た》っているんです。

事務室前の遺体もそうでした。臭いは凄かったけど、血の海って感じじゃなかった。つまり、たぶん、犯人は轟さんをどこか別の場所で解体してから運んできた。ということは、神社の犯人ではなかったとしても、殺害現場に遺体の一部をうっかり置き忘れてしまった可能性がある」

「…………」

　卯木山さんはため息をついて口を閉じた。表情が曇っていく。

「もしかしたらこの先、長丁場になるかもしれないんだよ。無理しないで。お願いだから」

　それは身延さんの、これまでに聞いたことがない口調だった。諫《いさ》めるような、懇願するような声色。

　しばしの沈黙が訪れた。

「身延さんと卯木山さんって、昔、付き合ってたんだよ」

　僕にそう教えてくれたのは乙川さんだった。

　まだ今年度が始まったばかりのことだ。

「へえ、そうなんですか」僕は平静を装った。

「ほら、男女の間には何が起きるかわからないからさ、あらかじめ教えてあげたほうがいいかなと思って。えへへ！」彼女は厚みのある肩をわずかに竦《すく》めて、小さく舌を出した。

「えへへ」と発声して笑う女を現実世界で見るのは初めてのことだったし、それに続く漫画的な動きの一つひとつにも僕は強い不快感を覚えた。

この女の言うことは一切信じてはいけない、と思った。

しかし、「卯木山さんと付き合っていた」ということを前提に身延さんを観察してみると、色々と腑《ふ》に落ちる点があるのも確かだった。

「無理しないで」と言われた卯木山さんは、「わかったよ」と少年のように口を尖《とが》らせ「保科、ゴメンな」と僕の肩を叩《たた》いた。

「…………」

僕は、轟さんの組み立てを断念して隣の席に腰を下ろす卯木山さんを見ながら、やはり彼は昔、身延さんと交際していたんだな、と確信した。

ふう、と羽越さんが深呼吸をし、それを合図に職員室が静寂に包まれた——と思ったその瞬間。

「何やってんのよ！」

乙川さんが叫んだ。

「何でみんなでボーッとしているの？　意味わからないんだけど！　電話は繋がらない！　住宅地までやたら遠い上、犯人が何人いるのかわからないから迂闊《うかつ》に学校から出られない！　轟さんも組み立てない！　だったら鍵かけろよ！　ドア！」

しかし、それは無理な注文だ。この学校の施設はなぜか外側からしか扉の施錠と解錠ができない。僕らにできることは、せいぜい二カ所の扉の前に戸棚や机を重ねて内側に開きにくくすることくらいのものだ。

「じゃあ、進路指導部の棚をこっちに動かしましょうか？」と、僕は赤本や「蛍雪時代《けいせつ》」の並んだ棚に手をかけた。

「いや、ちょっと待って」卯木山さんが顔を上げた。

「それで塞いじゃったら、犯人から逃げてきた人が職員室に入れなくなります」

「いるんですか？」と僕。

「いるの？」と身延さんが、なぜか乙川さんを振り返った。

問われた乙川さんの瞳が、かすかに揺らいだ。一瞬、視線を下に落とす。

「いいから、閉めて」それは、小さいけれどハッキリした口調だった。

「いるんですか？」もう一度、問う。声が固くなる。

「いいから閉めてよ！　誰かが助けを求めてきたら、その時に考えればいいでしょ！」

「『いい』って言ってるんだから、そうしよう」

羽越さんが、棚の向かい側に手を添えた。

「わたしは奥の扉を外から鍵を閉めてバリケードします」と卯木山さんが腰を上げる。

「じゃあ、学校祭の棚を動かそう。どうせ中止なんだし」と身延さんがマグカップを机に置いた。

のだった。


「……寒い」乙川さんが、恨めしそうにエアコンのダクトを睨む。

「ここはオホーツク海か」

こうして緋摺木高校の職員室は二カ所の扉を完全に閉ざし、僕らは世界から隔絶された

キーンコーンカーンコーン。

チャイムの音がわずかに狂っているような気がする。

身延しずか教諭はブランケットにくるまった。卯木山公太教諭は腕組みをして、何やら考え事をしているようだ。乙川緋子教諭は「どうして、こんなことに」と繰り返している。千回唱えれば解答がもらえると信じているかのようだ。羽越登教諭は、学校祭の棚から武器になりそうなものを取り出して共用のテーブルに並べている。

僕——保科一章は、眠ってしまいたかった。眠ってしまえば、この夜をスキップできるはずだから。でも、恐ろしくて目を閉じることができない。

間もなく、休み時間が終わる。

次は、十五時間目だ。

第二話　ジグソーパズル猫

俺たちの母校・私立緋摺木《ひするぎ》高校は、近年、順調に偏差値を下げ続け、いつの間にか隣町のK高校に大きく水を空けられた。学業だけではない。この数年、あらゆる運動部が親善試合で惨敗を繰り返している。そこで、学校として起死回生の一手を打ってくるかと思いきや、突然「グルーバル人材育成プログラム」などという現実逃避に走り、俺たちの授業時間をさらに削減し始めた。

〈不気味男爵〉は、そんな我らが緋摺木高校の象徴的存在といってもよい。

校長が朝礼で「多文化共生社会のリーダーになるべく」みたいな夢物語をぶち上げている時、〈不気味男爵〉は俺たちの脇で得体の知れない笑みを浮かべている。そのニタニタ笑いが視界に入るたび、俺たちは「やべえ。校長の口車に乗せられて危うく『世界の人々が互いのちがいを認め合う優しい未来』を思い描くところだった！」と現実にかえる。そうだ。校長先生の言っていることは世迷い言だ。だって、俺たちはまず、同じ学年に棲息《せいそく》する〈不気味男爵〉との共生からして無理なのだから。

〈不気味男爵〉は不気味である。

男爵芋のような頭には一見なんの変哲もない顔が張り付いているのだが、注視していると正体不明の不安に駆られる。上手く説明できないが、タネのわからない騙《だま》し絵を見せられた心地になるのだ。以前、堀尾《ほりお》が「中途半端に出来のいいアンドロイド」と評していたが、確かに的を射た表現であるように思われた。


そんなわけで、朝のHRで担任の村岡《むらおか》先生が「緋摺木神社で最近起きている小動物解体」事件についてアナウンスした時、俺は条件反射的に〈不気味男爵〉を連想した。そういう不気味なことをするのは〈不気味男爵〉に決まっているからだ。

「謎が解けた！　犯人はお前のクラスの男爵だ！」

俺は、HRが終わるとすぐ三組の杉浦《すぎうら》にそう宣言した。「さっそく一発殴ってケーサツのナントカ課までしょっぴいて行こうぜ」

「お前さ、すぐそこにモイギいるから！　聞こえたら傷つくかも知れないだろ。反省しろ」

そう笑う杉浦の声がやたら大きい。

そして実際、〈不気味男爵〉ことモイギトモヤはすぐそこにいた。三メートルも離れていなかったから、我々の会話はしっかりと、その揚げ餃子《ぎょうざ》のような耳に届いていたはずだ。

それに反応したのか定かでなかったが、モイギは大学ノートのページの隅っこを破りながら口の端を歪《ゆが》めている。

「聞こえるように言ったんだよ」と俺は言った。

俺たちの周囲では、朝の血なまぐさい連絡についてあまり話題になっていなかった。ヒスルギ様で気持ちの悪いことが起こるのは今に始まったことではない。猫がバラバラにされるくらいのことなら、あってもおかしくないんじゃないの、緋摺木神社でなら。そんな温度で受け止められている風だった。

そんなことより深刻なのは、むしろ来週に迫った倫理のグループ発表の進捗状況のほうである。

俺たちの班のテーマは「自己承認と自己実現」。杉浦は笑いながらキャンパスノートを広げていたが、見出し以外に何も記されていない。というか、よく見たら「ここ、見出し」と書いてあるだけだ。髪を染め直す時間があったなら、もう少し何か書いておいて欲しかった。

もっとヒドいのは、その横で「マル秘！　闇サイト攻略ガイド」という黒い表紙の雑誌を真剣に見つめている土岐沢《ときさわ》のパートで、こちらは完全な白紙状態だ。

「タブラ・ラサ……」

土岐沢の担当箇所を見下ろす堀尾班長の丸メガネが光る。「土岐沢。これは一体どういうことだい」

「あと五日もあるから余裕、余裕！」

「この一週間で一行半しか書けてないのに？　君こそモイギに頼んで一回身体をバラバラにしてもらったらいいんじゃないの？」

「だから！　本人そこにいるから！」

そこに乙川《おとかわ》先生が入ってきた。太いボーダーのセーターにぴちぴちのスラックス。相変わらずダサい。ダサいというだけなら我慢できるが、彼女の身体全体から発せられる人工的なポジティブオーラが結構こたえる。

「さ、さ、席についてっ。皆さんお待ちかね！　今日はC班のプレゼンだよ！　テーマは『死刑制度の是非』ということで、今日も元気にいってみよーっ！」

「……じゃあ、昼休みに続きをやるよ？　大串《おおぐし》はともかく、杉浦と土岐沢は卒業がかかっているんだからね。プライオリティ一番上だよ。よろしくね」

堀尾は早口にそうまくしたてると、大柄な背中を揺らしながら前方の席へ移動した。

「日本国内では実に八割もの人々が死刑に肯定的です。しかし国際的な潮流として死刑制度は廃止に向かっていますし、世界の人々は人権的な立場からあらゆる国に死刑制度の廃止を求め――」

C班の男子生徒が、縦長な身体を縮めるようにして手元のノートを読み上げている。

「すみませーん、『世界の人々』って誰ですか？」とメガネの女子が指を上げて質問。

「えっと。それは誰っていうかグローバルな世論？」と露骨に取り乱す発表者。そんな質問が出てくること自体、想定していなかったのだろう。

そこへ「猫をバラバラにするようなバカは救いようがないから一刻も早く死刑にすればいいと思います」と文脈を一顧だにしない発言が飛び出す。振り返るまでもなく杉浦だ。

「その前に、まずお前が死ね」と誰かが杉浦を茶化し、倫理を選択した生徒たちが笑う。

俺もつられて笑ったが、乙川先生まで一緒になって笑っているのが目に入ると、笑いが引っ込んだ。

モイギはニュートラルな表情で前方のどこかを見詰めている。俺たちは吐き気がするほど不真面目だ。

しかし一番不真面目なのは、今朝のHRで「緋摺木神社の小動物解体」について生徒たちの注意を喚起するプリントを音読していた俺らの担任である村岡先生の態度だ。あの中年女教師は、生活指導部からの文書をすべて読み終えると、取って付けたように以下のような発言をした。

「世の中ではおかしな連中が真人間のような顔をしてそこら中を闊歩《かっぽ》していますからね。登下校の際にはゆめゆめ油断しないように」

彼女はそう俯《うつむ》き加減の早口でまくしたてると、そのまま「教室のどの生徒とも顔を合わせないぞ」と心に決めた人の挙動で、少し開いた教室の扉からすり抜けるようにしていなくなった。

欺瞞《ぎまん》だ、と頭に血が昇った。

あの女はそんなこと、欠片《かけら》ほども思っていない。

この学校で生活していて、一度でもモイギと接点を持ったことのある人間なら「世の中ではおかしな連中が」なんて言わない。

おかしな奴なら、まさに今、この学校にいるのだから。

しかし、もしかしたら同級生が起こしているかもしれないこの事件について、教室のほとんど誰も興味を示していないというのもまた事実だった。舞台裏でどんな陰惨なことが起こっていようが、俺たちの凡庸で平和な高校生活は揺らいだりしない。

「俺たちで犯人《ホシ》を挙げようぜ」

昼休みに堀尾班長を誘うと、彼は「もう秋だから。花火なんてどこにも売っていないよ」などと的外れな応答をした。

そんな堀尾班長の前では、杉浦と土岐沢が机を並べて倫理の発表に向けた準備をしている。が、集中力が続かないのか、二人とも視線が宙を漂っている。無為な時間だ。

「犯人捜しをしようって話だよ、猫殺しの」

「イイネ！」と、土岐沢がつぶらな瞳を輝かせた。「猫の解体と犯人の確保を動画に収めてアップしたら伝説だよ、伝説。題して『ジグソーパズル猫事件』」

「猫が殺される前に止めるべきだろ」と愛猫家の杉浦。

「何がジグソーパズル猫だ。不真面目にもほどがある」

「そういう発言は資料を完成させてから言おうね」と堀尾班長がメガネを指で押し上げる。

「第一、猫をバラバラにしたヤツはモイギ、ってことで全米が納得したでしょう」

全米ってどこの全米だよ。というか、そのモイギが堀尾のすぐ後ろに立ってニタニタしている。

大柄な堀尾が仁王立ちしているせいで、〈不気味男爵〉が自分の席に戻れなくなっているらしい。そうならそうと文句を言えばよさそうなものだが、それができない。野良猫をバラバラにするだけの胆力はあるくせに情けのない奴だな、と思う。

「そうは言うけど、これで万一犯人がモイギじゃなかったら、俺たちは彼の名誉を毀損していることになるんだぞ」と、俺はたった今思いついたことを口にした。

「だから、何？　アイツがいかにもそういうことしそうな顔をしているのが悪いんでしょ」

堀尾がどうやら本気でそう言っているらしいことが彼の表情から読み取れたが、俺はめげずに続ける。

「……それにさ、モイギ以外の奴がやっているとしたら、俺たちの周囲にはアイツ以上にヤバい奴がいるってことになるんだぜ」

「真面目な話、やめといたほうがいいよ」堀尾はすっと笑みを引いた。「アイツ以上にヤバい奴が現れたら、本当にヤバいでしょ」

「だから、誘っているんだよ」

「なるほど、君は退屈なんだな」堀尾が明朗に笑った。

「手持ち無沙汰なんだったら、カノジョの手伝いでもしてなよ」

「その必要ないし、かえって足手まといになるよ」

これは己を卑下したわけではなく、端的な事実だった。

と、こうした俺らのやりとりを聞いているのかいないのか、モイギは静かに肩を落とし、教室を大回りして自席へと戻っていった。

俺は何となく、その動きを目で追う。

モイギの机にはペイズリー柄のバンダナに包まれた弁当らしきものが置いてあり、汚らしいものを扱うかのようにモイギが指先でその包みを解いている。

中には、驚くべきことに、コンビニで売っているようなハンバーガーが直に入っていた。どういうわけか冷凍してあったらしく、彼がそれを机に軽く打ち付けるとゴッという音がした。

視線を堀尾に戻す。堀尾はそれを待っていたように「殺されたのは君の猫じゃないんだし、君はそもそも動物嫌いだろ。君がこの事件に首を突っ込みたがるのは単なる野次馬根性なんだよ」と言った。

俺は反論しなかった。

放課後、俺はそんな緋摺木神社の賽銭箱《さいせんばこ》に寄りかかって煙草をくわえていた。

俺たちの高校の裏山には、注意深く探してようやく見つかるような石段があり、それを登りきったところに小さな木製の鳥居が立っている。奥に並んだ拝殿や社務所は全体的に朽ちており、井戸も涸《か》れているのだが、特に鳥居は損傷がひどい。その昔は鮮やかな朱色をしていたのだろう、その染料が半端に残っているせいで、誰かが血液を塗りたくったように見えて気味が悪い。

堀尾から今どき煙草を吸う高校生なんて君くらいのものじゃないかな、と言われたことがある。無論、だからといってそれが俺のタバコをやめる理由にならないことくらい、堀尾にもわかっているだろう。彼は「タバコやめなよ」と言いたいのではなく「君はどうして煙草なんて吸っているの？」と純然たる好奇心から訊《き》きたがっているだけだ。

俺は深く息をついた。

大量の煙と一緒に、胸の中にあるモヤモヤした不安や苛立《いらだ》ちが身体から吐き出されて、代わりに黒く淀《よど》んだ、もっと形のくっきりしたものが肚《はら》の下へと沈んでいくのがわかる。

この間、結愛《ゆあ》にも「やめられなくなるよ」と言われた。カノジョとして心配しているというより、中毒になりかかった人間を見て面白がっている風な表情だった。

その結愛はまだ姿を見せない。

生徒会長＋学校祭実行委員という前代未聞の兼業をしている彼女は、現在、部活や有志団体、父母会などといった諸々の団体の調整であちこち奔走しているはずだった。

あと一時間くらいだろうか。彼女は石段を駆け上がってくるだろう。そちらへ目をやると、ただでさえ気色の悪い鳥居が、晩秋の夕日を浴びてますます不吉に輝いている。

この日は鳥居の下に動物の死骸はなかった。モイギがやったのではないとするなら、客観的に考えて次に怪しまれるのは俺だろう。というのも、俺以外の緋摺木生は滅多にこの神社へは立ち寄らないからだ。八十年代に青春を謳歌《おうか》していた先輩たちの頃と違い、今どき煙草を吸う高校生なんて俺くらいしかいない。恋人どうしでいちゃつくという用途としても、この場所は使いにくい。苔《こけ》のせいで石段はむやみに滑るし、第一不気味だ。数年前には涸れ井戸への転落事故で人が亡くなったという話がある上、最近たまに小動物――猫が分解され、鳥居の下に並べられているとなれば、必然的に人は全く寄りつかなくなる。

「火事になるよ？」

頭の上で声がして、目が覚めた。

「あ……」

先刻まで吸っていた煙草が指の間から落ちていた。フィルターのところまで灰になっている。煙草の下は拝殿の床だったが、黒ずんでいる板が煙草のせいで焦げたのかもともと変色していたのか判断できない。

「眠っちゃった」

「知ってる。見てた」

「学校祭は順調？」

「んー」結愛は自分の顎に指を当てた。「どっかのクラスが企画名をいきなり『ヒスルギ様と遊ぼう！』に変えたせいで一悶着《ひともんちゃく》あった」

「『不気味男爵の館』よりは穏当だと思うんだけどな」

さっきまで地獄のごとく赤々と光っていた鳥居が、今は濃紫の空気に沈んでいる。

本殿の床から灰色い猫が這い出して、結愛の足元へ駆け寄った。小さな頭を彼女の黒いソックスへ押し付ける。病気なのだろうか、身体中、あちこちの毛が抜けていた。

「結愛」

「何」

「しばらく他の場所にしようぜ、待ち合わせるの」

「どうして？」

「だってさ――」

お前、今朝の話聞いてなかったのかよ。そう言おうとして、俺は言葉を飲み込んだ。彼女の目が夕闇の中で鈍い光を放っているように見えた。

「日も短くなってきたしさ——ていうか嫌じゃないの？　こんな場所で」

「嫌じゃないよ」それはキッパリとした口調だった。「だって、ここは佑太朗との思い出の場所だから」

そう言われてしまうと、俺は何も言えなくなる。

あれは「思い出」なんて言葉で表現するようなことじゃないだろう、と思う。思うけれど言わない。彼女が相手だと、思ったことを気安く口に出せなくなるのだが、交際相手ってそういう存在なのかもしれない。

俺は冷たくなっている吸殻を砂利に落とした。欠伸《あくび》が出る。

「火事になるってば」また結愛が文句を言い、燃えさしを拾い上げた。「煙草やめなよ」

「その内やめるよ」欠伸ついでにそんな意味のないことを言い、スクールバッグ片手に立ち上がる。

羊羹《ようかん》のようにのっぺりとした夜空の下、小ぶりな鳥居が頼りなく不気味に立っている。

結愛がいて、辺りが暗くなった以外に先刻までと何の変りもない光景だった。なのに、腰を上げた瞬間、視界の景色が丸ごと、よく似た他の何かとすり替えられたような錯覚を覚える。

どこからか、カラスが三羽纏《もつ》れるように飛んできて、物音ひとつ立てずに鳥居に並んでとまる。

「行こうぜ」と俺は彼女の手を引く。

「相変わらず、不用心だよね」と結愛が拝殿を振り返る。「ここに火をつけて帰ったら、きっと取り返しのつかないことになるよ。町全体が更地になるかも」

あちこち痛んだ神社の建物は風通しがいいから、確かに火をつければきっとキャンプファイアみたいになるだろう。俺たちが石段を下りきる前に、火はあの薄気味悪い鳥居を焼き倒し、周囲の木々を取り込みながら炎の津波となって下界に押し寄せるだろう。

俺は、ポケットの中の百円ライターを握った。理不尽な暴力が人々の平穏な暮らしを蹂《じゅう》躙《りん》する。そんな目の眩《くら》む景色が、瞼《まぶた》の裏で展開していく。俺はポケットから手を出した。

「お前、冗談でもそういうこと言うなよな」

「何で？」

「それで実際に不審火が出たりしたら、結愛が疑われるだろ」

「大丈夫だよ。思ったことをそのまま口に出す相手は佑太朗《ゆうたろう》だけだから」

「…………」これは、喜んでよい発言なんだろうか？

「ごめん。じゃあ、ちょっと会話を巻き戻そう」と結愛が目を細めて笑い、「相変わらず、人気《ひとけ》がないよね」と拝殿を振り返った。

どうやら本当にやり直すつもりらしい。

「ここで佑太朗に襲われたとしても、誰も助けに来てくれないだろうね？」

俺はがっくりと肩を落とした。

「お前、冗談でもそういうこと言うなよな」

「え、何で？」彼女が目を丸くした。

「――冗談でもそういうこと言うな」

繰り返すと、彼女はそれきり黙って俺の手を握り返した。

山道を下り、学校の外周道路を歩いていく。

緋摺木神社から俺たちの住む街へは、学校の敷地を通り抜けて帰るのが一番の近道だ。最終下校時刻はとっくに過ぎていたから、北校舎の窓はいずれも黒く、人の気配もなかった。南棟の様子は、ここから見えない。

「すっかり暗くなっちゃったな」

「うん。ごめんね、いっぱい待たせて」

「いや、悪いのは企画名を『ヒスルギ様と遊ぼう』なんかにした連中だろ」

「間違いない」

そんなやりとりをしながら体育館の脇を通ると、体育科の準備室や倉庫の窓に、まだ明かりが灯《とも》っているのが見えた。

「まだ仕事をしているなんて、教員っていうのも楽な稼業じゃないね」

こちらの視線を追って結愛が感想を漏らした。

冴《さ》えない高校生のために心身をすり減らして、わずかな賃金を手にする。低く安定したまま六十過ぎまで校舎に縛り付けられ、定年を迎えて幾許《いくばく》もなく体調を崩す。教員とはいったい何者なのか。俺は時折、あの人たちがザリガニとかヤギみたいに相互理解不能な別種の生き物みたいに思えることがある。

「こんな時間まで、ほんと何やってんだろうな」

そう応じたものの、本当は何をやっているのか興味なんてなかった。

この時、僕の脳裏に甦《よみがえ》ったのは、この日の二時間目の現代文だった。

保科《ほしな》という若い教員が教壇の上で教科書から顔を上げて言ったこと——。

「君らのような冴えない高校生は冴えない大学に入って冴えない企業に就職し、冴えない相手と結婚してパッとしない子どもを作るんだろうけど、大人になるっていうのは、その冴えなさを肯定的に捉えられるようになるってことなんじゃないか、とこの文は論じているわけだな」——普段から授業を聴いていない俺には、それが教科書のどの文章のまとめだったのか知らないし、保科自身がどこまで実感を込めてその台詞を口にしていたのか、真意は図りかねたが、そのフレーズだけは印象に残った。

体育館で煌々《こうこう》と光る窓を見ながら、俺はなぜかそんなことを思い起こしていた。

「こんな学校、なくなればいいのに」

俺は呟《つぶや》いた。それは、前夜祭の企画を無下にあしらわれてしまった一生徒としての偽らざる感想というか感慨だったのだが、さっき彼女に向かって「冗談でもそういうこと言うなよな」と言った人間が言うべきことではなかった。

俺らは手を繋《つな》いだまま、正門に向かって歩き続けた。

彼女の手を取り指を絡めるたびに感じるのは、この子との一体感ではなく、むしろその逆で、「この子と俺はどんなに一緒にいて親しくしていても、突き詰めればどこまでも他人」という念だった。それは少し切なくて、同時にどこまでも気楽だ。

俺は結愛と手を繋ぐのが好きだった。

安酸《やすかた》結愛の家は、学校からほど近いアパートの三階だ。錆《さ》びついて勾配のきつい階段の下で俺たちは別れた。別れ際にはいつも、彼女の頭を優しく撫《な》でながら「大丈夫か？」と問う。

「大丈夫だよ」結愛は目を細めて笑う。

彼女の頭に触れていると、俺はいつも波打ち際を連想してしまう。裸足になって立っていると、水流が足指の間から砂を攫《さら》っていく。そんな感じで、手がだんだん彼女の黒い長髪に沈んでいきそうになる。俺は手を下ろした。

結愛は、はにかんだような顔で小さく手を振り、俺は見送られて再びなだらかな坂を下っていく。途中で振り返ると、彼女はまだこちらへ手を振っていた。

手を小さく振り返す。

堀尾や土岐沢がこんな光景を見たら、きっと「青春の腐臭がするぜ！」などと言って羨ましがるのだろうが、自慢の彼女に手を振りながら、俺は漠然とした不安を覚える。

神社で立て続けに起こっている事件のせいだ。直接の被害がないとはいえ、俺のためにも彼女のためにも、緋摺木神社でこれ以上陰惨な出来事が続くのは良くないだろう。

猫を分割して喜んでいるバカを何とかしなければ、と改めて思った。


翌日の朝も、俺は隣のクラス——すなわち三組にいた。

プレゼンの準備は遅々として進んでいなかった。そして、その原因は主に土岐沢にあるにもかかわらず、奴はスマートフォンで何やら動画を観《み》ている。そんなことをしている暇があるなら役に立ちそうなサイトでも検索しろよ。そう文句を言いたくなったが、それよりも彼が目下凝視している動画に興味が湧いてきて「エロ？」と言いざま覗《のぞ》き込んだら何やら残虐な映像が流れている。画面が暗い上、手ブレを起こしていて全体的にわけがわからないが、やや太めの中年女性が両手両足を縛られて天井からぶら下げられており、その白々した腹が泥で汚れているのが、かろうじて視認できた。

「よくわかったな」

土岐沢がふわふわした長髪を揺らして、くすぐったそうに笑った。俺は笑わなかったし、「エロ？」などと質問した己の浅薄さを後悔していた。そんな俺の後悔を嘲笑《あざわら》うかのごとく、小さな画面にラバーマスクの男が現れて甲高い声を上げながら肥えた女の腹を蹴る。待ち構えていたかのような嘔吐《おうと》。土岐沢、歓声。

どうしてこういう時に限って堀尾と杉浦がいないのか。土岐沢の尋常ならざる性癖を目の当たりにして独り静かに戦慄していたら、急に肩を叩《たた》かれた。堀尾だった。「ヤベぇよ」というのが第一声だった。「大串っ、ヤバいって」と繰り返す。

「わかっているけど、仕方ないだろう。こいつはこういう性癖なんだから」と俺。

「セイヘキ？」と堀尾が丸い目になる。

「性癖は性癖だよ。換言すれば性的嗜好《しこう》」

「何言ってんだよ。ちょっとこっち来いって」と堀尾が俺のスクールバッグを強く引いた。

何、何、と言う間に廊下へ出る。

「例のジグソーパズルなんだけどさ」

閉鎖された屋上へと続く暗い階段の五段目に腰を下ろし、堀尾が吐き出すように言った。どうやら土岐沢の観ていたグロ画像の話ではないらしい。

「あれ、ヤバいよ！」

両手を広げて顔を上げる堀尾に、しかし僕は共感できなかった。率直に言って「何を今さら」という話だ。

「別にパズル猫がヤバいっていうのは今に始まったことじゃないだろ」

「違うって。僕、見たんだよ！」

見た？　二人の間の空気が、刹那、凍りついた。

「見たって何を」と思うが、こちらから口に出して問わないと会話が止まってしまいそうな空気だ。

「見たって何を」

「不気味男爵」

「モイギが不気味男爵なら、さしずめ土岐沢は変態紳士だな」

「茶化さないでよ！　ちゃんと人の話を聞いて！　ていうか何だよ、変態紳士って」

しかし、ここで朝のＨＲの予鈴が鳴った。自分の教室に戻るべき時間だ。

「昼休みに聞かせろよ」俺はスクールバッグの持ち手に指をかける。

「昨夜、また猫が殺されたんだよ。杉浦んちのジグムントって名前のシャムで――」

「だから、昼に聞くって言ってるだろ。お前こそ人の話を聞けよな」

俺は笑いながら堀尾の後頭部を叩いた。しかし相手は階段を下りながら早口で「やったのは、やっぱり、アイツだと思う」と付け加えた。

村岡先生は、新たに起きた事件についてHRで特に触れなかった。

学校祭関係の連絡も、あまりない。連絡が錯綜しているのは主に二年生で、我々三年生のほとんどはクラス企画以外にかかわっていないからだ。担任は二、三の連絡を済ませると、のんびりと我々の出席をとった。

その間、俺は頬杖《ほおづえ》をつきながらいくつかのことを考えていた。

①杉浦拓也《たくや》は、妹・友人・猫以外に対して極めて攻撃的である。彼がもしジグムント殺しの犯人を知ったら、それが誰であろうともジグムントと同じ目に遭わせるだろう。つまり、目下、モイギは文字通りの絶体絶命だ。

②堀尾との会話で「……と思う」と文末に付けていたということは、モイギを見たと杉浦にまだ伝えていないのだろう。杉浦がモイギを殺しに行くまで、まだ猶予がありそうだ。

③昨日、結愛と会った時には鳥居の下に猫の死骸なんてなかった。ということは、僕らが帰った後、モイギがジグムント持参であの石段を登って行ったということか。

④先刻、土岐沢がスマホで動画を再生していたが、無線LAN環境はおろかケータイの電波すら届かないこの辺境の地で、彼はどのようにネットと繋がっていたんだろう？

こんなことをローテーションで考えている内に一時間目の始業チャイムが鳴って、俺はいったん血生臭い事件のことを忘れることにした。

俺たちは受験生なのであり、十月も中旬に差し掛かっている。いわゆるいい大学に入れないことはもう充分すぎるほど理解できていたし、この国の景気が昔ほど回復しないことも直感的にわかっている。保科の言う通り、俺の人生は冴えないレールの上を走るローカル線だ。俺と同等、あるいは俺より下のヤツはいくらでもいるんだと己に言い聞かせながらの人生になるだろう。

しかし、安酸結愛は違う。

天は彼女にすべてを与えた。

清楚な顔立ち、艶やかな黒髪、高すぎも低すぎもしない身長、明晰《めいせき》な頭脳、恵まれた身体能力、明るくポジティブな性格……強いて欠点を挙げろと言われたなら、人は口を揃えて言うだろう。「大串なんかと交際していることだ」と。

しかし、一緒に歩いていても劣等感は抱かない。

そういう次元の問題ではないからだ。

安直に劣等感を抱くことすら彼女に対して失礼であるし、何よりも、俺たちはつりあいなんてことを考える必要がないくらい深いところで結びついていた。

だからといって、このままボンヤリと低迷する学業成績を放置していて良いはずはなかった。俺は安酸結愛のために、わずかにでも偏差値の高い大学へ入らねばならない。何となれば、そこがどんなところであれ、俺の入学する大学に彼女も入学してくるからだ。

「！」

しかし三時間目終了後、漢文の基礎構文を口の中で繰り返す俺の視界に杉浦拓也の姿が入り、景色がまた暗い色彩を取り戻して俺の前に降りてきた。

「すぎう――」声を掛けようとして、思いとどまった。

彼の身体が、いつもより二周りくらい縮まって見えた。顔の割に小さい眼窩《がんか》から、鈍色の光が漏れている。

今、彼と言葉を交わしたら、余計なことを言ってしまう気がした。

ジグムントとは、杉浦の家で数回顔を合わせたことがあった。ペルシャの雑種で、灰と白の毛の混じった無愛想な猫だった。小学三年生の時に近所の公園で飢えていたのを拾ってきたんだと、何かの機会に聞かされた。複雑な家庭で育った俺が道を踏み外さずにここまでこれたのは、ジグムントのお陰なんだ、とも言っていた。

――モイギがやったというなら、アイツが殺されても構わないんじゃないか？

ふと、そんな考えが閃《ひらめ》いた。

ちなみに、この時の「殺す」というのは「死なない程度に殺す」みたいな言葉の綾《あや》ではなくて、正真正銘の「殺す」だった。ほいほいと気安く小動物を殺すような人格は生かしておくべきじゃない。こういう奴は放置しておけば早晩、近所の女子供に手を出すだろう。

事後になってマスコミ相手に「いつかしでかすと思っていました」などと抜かすのは無責任極まりないのではないか。

しかしここまで考えたところで、俺は己の裡《うち》に湧いたこの意見に愕然《がくぜん》とする。正論とか論理とか関係ない。そういうものの考え方は間違っているし、何より危険だ。集中できないまま四時間目が終わり、昼休みになった。


ジグムントの姿が見当たらなくなったのは、昨夜午後七時半過ぎだったらしい。

杉浦家で厚かましくも夕飯を御馳走《ごちそう》されていた堀尾は、友人そっちのけで拓也の妹（小学五年生）と談笑していた。

堀尾は杉浦の妹と話している内、ゲーセンでゲットしたぬいぐるみを彼女に持ってきていたことを思い出し、それを出すついでにスクールバッグの中から猫用の鳥笹身《とりささみ》を摑《つか》んだ。

「そういえば、今日はジグムントを見ませんね」

真空パックの笹身を手に、堀尾は首を巡らせた。

杉浦家の猫は、体内に時計でも仕掛けてあるんじゃないかという厳格な規則で日々を過ごしていた。彼は午後四時から六時半までを町内巡回に当てており、他の猫たちとの打ち合わせを済ませると七時きっかりに帰宅する。しょっちゅう杉浦家で寝泊まりしている堀尾は、ＮＨＫ七時のニュースのオープニングと共にリビングの窓をすり抜けていくジグムントを何度も見ていた。

三十分後、ジグムントが「深刻にいない」ということになると、杉浦と堀尾は手分けをして捜すことに決めた。すでにその時、堀尾の脳裏にはヒスルギ様の鳥居が赤黒く浮かび上がっていたらしい。

「俺は駅のほうを捜してみるから」

低い声でそう言う杉浦の目に力が入っていた。言外に「だからお前は神社のほうを」というニュアンスが込められているのか否か、堀尾には判断できなかったけれど、とにかく彼は神社に向かうことに決めた。

「ジグムントは必ず連れて帰るから」

嗚咽《おえつ》する杉浦の妹の肩を、堀尾は優しく二度叩いた。

しかし、その結果は最悪だった。

高校の構内を通り抜けて山道へ向かった堀尾は、一本道の奥から誰かが歩いてくるのを認めた。

人影は均一の速度で堀尾へ近付いてくる。

街灯が一本、心細い光を砂利道に落としており、その中に人影が躊躇《ちゅうちょ》なく入った。

モイギだった。

制服ブレザーの下にパーカを着込んでいて、頭にフードを被っていたが、その下の顔がいつもの笑みを浮かべている。

堀尾は、今ここでモイギと出会ったことの意味を考えた。そのわずかな間も、フードの中の顔は笑みを浮かべたまま微《かす》かに揺らいでおり、そこだけハメコミ画像であるかのような不自然さがあった。

「モイギ。君――」

堀尾の意志とは無関係に、彼は問いかけていた。

「――その口元の血って」

右の唇端から頬にかけて、こすり付けたように血で汚れている。

しかしそう言って指差したその瞬間、モイギは堀尾の横を駆け抜けた。

「糞《くそ》、ちょっと待てよ！」

振り返る。

モイギの右手。

何の変哲もないビニール袋をぶら提げていた。コンビニでよく見かける、白いビニール袋。大きさや形から、棒状の何かが入っていると思われる。内側にこびり付いているのは、血だろうか？　それを上下に激しく振りながら、モイギは傀儡《くぐつ》人形のような動きで遠ざかっていく。あり得ない速度だった。

取り残された格好になった堀尾は、モイギが歩いていた道沿いに、黒い何かが点々と落ちているのに気付いた。何となくそれを指先で掬《すく》ってみると、街灯の下、彼の指先が赤黒く光った。鼻血よりも黒く、粘度があったけれど、それは間違いなく――血液だった。

「うわあああ――っ！」と堀尾は叫んだ。「あああ――っ！」

追い立てられるように石段を駆け上がった。踏みつける一段一段が、スポンジのように頼りなく感じられる。一刻も早く鳥居の下を確認しなければ、壊れてしまいそうだった。

石段の途中、息を切らして見上げると、鳥居の影が切り絵のように平坦に濃紫の空へ浮かんでいた。

その下がどうなっているのか、まだその位置からは見えない。

ごう、と周囲の木々が轟《とどろ》き、風が吹き付けられた。その瞬間――。

「ジグムント」声が出た。

角度的には、まだ堀尾の位置から鳥居の下は見えなかった。けれど、もう結果はわかってしまった。

山は静まり、風はやんだ。しかし、運ばれてきた死臭は、まだ堀尾の周囲に漂っている。

「ジグムント」再び、絞り出すように呼ぶ。

途端に身体が重くなる。

引きずるように鳥居まで足を進め、物言わぬ杉浦家の猫と対面した。

口をぱっくりと広げ、真っ赤に充血した片目が夜空に向けられている。ウインクして笑っているようにも見えた。

無呼吸運動的に石段を駆け上がった疲れと、押し寄せる感情のせいで、堀尾はその場に座り込んだ。

——モイギがやったんだ。そう胸中に呟くと、全身に戦慄が走った。

ジグムントの視線を追うように天を仰ぐ。

月はおろか、星の一つも見えない暗闇を、鳥居の笠木《かさき》が斜めに切り裂いていた。


「不気味男爵がやったってことで全米が納得していたんじゃなかったっけ？」

「僕はアメリカ人じゃやない！」

堀尾はぴくりとも笑わずにそう返答して、ペットボトルのミネラルウオーターをちょっと口に含んだ。たちまち咽《むせ》る。小さく齧《かじ》っただけのピザパンが袋に戻されてそのまま手付かずになっている。「糞、何で——モイギのやつ」

「理屈で考えても時間の無駄じゃね？　アタマのおかしい奴のやることに、意味なんてあるかよ」

「そんなこと言ったって、じゃあどうすればいいんだよ」

「殺してやろうぜ」半分、冗談だった。

「昭和時代のＴＶじゃあるまいし、殴ったってマトモにはならないよ」

俺の「殺す」を、堀尾は「殴る」という意味に取ったらしい。

「別に俺だって、殴ってマトモになるとは思ってねえよ。こっちの気持ちの問題だ」

「『こっちの気持ち』って何？　大串がキレる話じゃないよね？」

「お前はどうしたいんだよ」

「わからないから君に相談しているんじゃないか」

堀尾はピザパンに目を落とした。精神的には食べたいのだが、身体がそれを受け付けないらしい。「……スクールカウンセラーに相談してみようかな」

堀尾の口から「スクールカウンセラー」などという単語が出たのが意外で、俺は思わず「ふ」と口を歪めた。しかし勿論《もちろん》、堀尾は笑わない。座ったまま、瞳に影を差して膝の間を見下ろしている。

「まあ、それで気が楽になるならいいんじゃねえの？」

俺は立ち上がって、意味もなく屋上階段の壁を蹴った。足跡がくっきり付いたけれど、大した音はしなかった。有無を言わせぬ質量を感じて、革靴の中の爪先が痺《しび》れている。

俺の突然の狼藉《ろうぜき》にも、堀尾は反応しない。

「で、杉浦には言わないのか？」

「そんなの、言えるわけないだろ」

上目遣いになった堀尾の瞳が揺れている。

しかし俺には、堀尾が一体何を懸念しているのか、俄《にわ》にわからなくなってきていた。

俺たちがやりとりをしている屋上階段からは見えないけれど、三階の廊下には多くの生徒が集まって、放送室から持ち出すアンプの割り当てについて議論をする声が聞こえる。いよいよ学校祭が近付いているのだ。

周囲の浮き足だった雰囲気を感じるたび、俺は複雑な気分になる。ワゴンに乗せられて安売りされている「青春らしさ」に、貧乏根性を剝《む》き出しにした没個性的な連中が殺到している。「前夜祭をやらせてください」と保科先生のところへ直談判にまで行った俺は、その時、こういう連中の王様だった。

「よし、まだあと七分あるな」

俺の脇で、堀尾がミリタリーウォッチの表面を指で擦《こす》った。どうやら先刻の「スクールカウンセラーに相談」は本気らしい。

「……マジで行くのかよ」つい愚問を弄してしまう。

「スクールカウンセラーだより」と称して下らぬ作文を全校生徒に配布して恬然《てんぜん》としている輩《やから》である。彼に相談したところで建設的な何かが提示されるハズがない。「高校生の自殺を防ぐために——孤独な状況に陥っている友だちを見つけたら、何でもいいから声をかけて寄り添いましょう」。そう書かれたプリントを受け取った時の怒り（それは「孤独な状況に陥っている」とは言わねえよ！）を俺はまだ鮮やかに覚えている。

ともあれ、堀尾は本当に南棟一階まで迷いのない足取りで進み始めた。

俺は、「すぐ隣の購買で菓子を買うついでに、友人がカウンセリング室へ入っていくのを見送ろう」と自分に言い訳しながら後をついて行った。

二階に下りて、南棟と北棟とを結ぶ連絡通路に差し掛かると、その奥に結愛の長い髪が見えた。「しまった」と思い、咄嗟に堀尾の腕を引こうとしたのだが、時は既に遅かった。

彼女は、ちょうどトランシーバーで別の学校祭実行委員と打ち合わせをしている最中だった。

「じゃあ、西102教室の机は十脚余るのね？」

窓から差し込む光の中、細い首をわずかに傾《かし》げて仕事をしている彼女の姿は、我がカノジョながら絵になっている。

そんな彼女が、並んで南棟へ移動しようとしている我々を見咎《みとが》めて「どうしたの」と口だけ動かす。

「じゃがりこ」

「は？」今度は声が出た。

「じゃがりこ。買いに行くとこなの」

そう言ってそのまま通り過ぎようとしたら、結愛はトランシーバーのスイッチから指を離して「本当は何？」と真顔になった。

「実はスクールカウンセラーのところへ行くんだ」

僕の横で、あっさりと堀尾が白状した。というか彼は最初から隠す気がなかったようで、「実はさ――」と先刻俺に話して聞かせたことをダイジェスト版で結愛に話し出した。

俺には、それを止めることができなかった。

モイギがビニール袋を振りながら駆け出したシーンまで話が進むと、彼女の顔から表情がすっかり抜けて「モイギ先輩が……、あの後……？」と小さく呟くのが聞こえた。

「結愛が気にすることじゃないよ」

俺は話が一段落するのを待って、彼女の肩に手を掛けた。「猫殺しの件は、堀尾が何とかするから、お前は学校祭に集中しな」

「わかった」彼女は大きく首を縦に振った。

しかし、永年の付き合いで、彼女が本当にはわかっていないことが、俺にはわかった。

俺たちがカウンセリング室の前に着くと、昼休みはもう残り一分を切っていた。にもかかわらず、堀尾は時間に頓着する素振りも見せず【空室】というプレートのかかったオレンジ色のドアをノックした。

「どうぞ」と男性にしてはやや高い声が反応し、堀尾は「失礼します」と一礼して入室する。その、縦に長い彼の後姿がスライド式のドアによって遮られてしまうと、俺は一息ついて購買へ駆け込んだ。しかしそこでチャイムが鳴って、店員のおばちゃんから「アウトー」と親指を立てられる。そしてこれが、菓子も買えず授業にも間に合わないという最悪な展開の幕開けだった。

五時間目は倫理の授業で、堀尾は十五分遅れで教室に戻ってきた。普段遅刻なんて絶対にしない奴が明らかに深刻な空気を醸しながら現れたにもかかわらず、担当の乙川先生は事情も訊かずに「はーい、遅刻ねー」と愛のない口調で宣告した。

「重役出勤とは何様だよ堀尾ー」と誰かがからかったが、堀尾はお茶を濁すような笑い方をして席に着いただけだった。

乙川は堀尾の動きには目もくれず、小学生を相手にしているかのような抑揚をつけながら教科書を読み進めていく。のっぺりとしたクリーム色の膝丈スカートにツイード地のジャケットが全く嚙《か》み合っておらず、彼女の体型も相俟《あいま》って、まるで田舎の炬燵《こたつ》だ。

一見、生徒への愛情に溢《あふ》れているようだが、その実一人ひとりに一切の関心を持たず、己が教授している倫理という科目にも愛着がない。それが透けて見える。というより、透けて見えるようにわざわざ振る舞っているところがあって、それに気付かず無邪気に慕ってくる生徒を「愚鈍」と軽蔑している。なぜならこの教員は教職を恥ずべき仕事と見做《みな》しているからだ。嫌な仕事に人生の大半の時間を費やし、顔をしかめながら帰宅の途につく。となれば、彼女は一体何のために生きているのだろう？

表情筋の努力の上に作り上げられた乙川の蠟人形《ろうにんぎょう》めいた笑顔を見ながら、俺は彼女についてそんな疑問を抱いている。倫理の内容なんてそっちのけで、将来に対する漠とした不安とか生きること意味とかで頭が一杯になる。

——堀尾のほうの首尾は、どうだったんだろう？

友人の心配をしながらダメな大人のロールモデルが黒板に何か書いているのを眺めていたら「ミシッ」と教室のどこかが軋《きし》む音がして、校舎が小さく揺れた。

またか、と思った。

教室の生徒たちは、そんなことに一々反応しない。あるいは慣れきってしまって気が付いてすらいないのかも知れない。

緋摺木高校は、しばしば地震に襲われる。

この地震は「緋摺木高校でしか起こらない」という点が不思議なのだが、大して揺れないせいか、生徒たちの知的好奇心を刺激しないどころか、最近では話題にもされなくなった。

この時も、微々たる揺れはそれ以上大きくも小さくもならないままだらだらと続き、ふと気付いたら収まっていた。いや、本当は収まってなどおらず、感知できないぎりぎりの揺れ幅で動き続けているのかもしれない。時折、俺は自分の学校が底なし沼の表面に絶妙なバランスで浮かんでいるように感じることがある。ほんの少しでも傾いたら、一気呵成《いっきかせい》に沈んでいって、二度と再び顔を出すことは叶《かな》わない……。

「大串」

後ろの席の男子が、俺の背中をつついた。「これ、堀尾から」と、ノートの切れ端を寄越す。頷《うなず》いて受け取ると、教室の後方で堀尾が腕を組んで椅子の背もたれに体重をかけているのが見えた。斜め上方の、何もない空間を見詰めている。

「不気味男爵を、つけよう」

四つ折りにされた切れ端には、それだけ書かれていた。「つけよう」の意味が「尾行しよう」であると咄嗟《とっさ》に解らなかったが、解ってから改めて振り返ると、今度は堀尾と目が合った。

——尾行？　今さら、何のために？

俺と結愛が帰った後、鳥居の下でジグムントが殺された。夜、神社への道中で、堀尾が不気味男爵と行き会った。死骸の一部を入れたビニール袋をぶら提げていた。ミステリーにすらなっていない。犯人は確定している。今日の放課後、モイギを呼びつけて数発殴り、そのまま杉浦に引き渡してしまえば終了だ。これってそういう話なんじゃないのか？

……俺は結構本気でそう考えていた。そして、そういうやり方が間違っていることも、きちんと認識できている。最近の俺は暴力的だ。絶えずイライラしている。正確に言うなら、焦っている。得体の知れない焦燥感。

ちがう。得体ならわかっている。

安酸結愛だ。

あらかじめ堀尾に頼んでおくべきだった。「結愛をこの件に巻き込まないでくれ」と。結愛のことだから、いずれ何かのきっかけで〈ジグソーパズル猫事件〉に首を突っ込んでくるだろうと覚悟はしていた。生徒会長としての職務をカンペキにこなし、学校祭も成功させる。しかも人知れず学校周辺で起こる怪事件まで解決してしまう。そういうことを難なくやってのけるのが安酸結愛という人間だ。

しかし、俺は、彼女をできるだけ血生臭い世界から遠ざけておきたかった。

彼女が具体的に動き出す前に、モイギトモヤをなんとかしなければならない。一刻も早く。

俺は回ってきた紙片に「そもそも、最初に犯人を挙げようと提案したのは俺だ」と書き付けた。書き付けたとたん、自分は堀尾と一緒に何をしようとしているんだろう、という疑問に直面した。

モイギの背後からバレないように石段を上っていく。という場面から、すでに無理を感じる。石段を上りきった俺たちは、鳥居の脇の雑木林から境内へと目を向ける。

視線の先にはヤツがいて、その足元に猫が押さえつけられている。必死に抵抗する猫へ、鉈《なた》が振り下ろされる。ぱっと散る鮮血。——そうだ、相手は刃物を持っているんだ。俺は堀尾を振り返る。堀尾の日焼けした肌に朱がさす。

「――ジグムント」

「堀尾」

止めることなんて、できない。夏に陸上部を引退するまで毎日グラウンドを走り続けた足が、湿った土を蹴り上げる。無言の全力疾走。急速に迫ってくる殺気。顔を上げたモイギが反射的に鉈を振り上げる。電子楽器のような奇声。

「何がおかしいのさ」

いつの間にか目の前に堀尾が立っていて、気が付けば授業が終わっている。

俺は笑いを引っ込めた。

強烈なショックに襲われる。これが初めてではない。俺は時々、自分のことがわからなくなる。

俺は笑っていた。

「まったく。遊びじゃないんだよ、マジシリアスなんだよ。わかっているんだろうね」

「わかってるよ」俺は数秒間止まっていた息を吐き出した。

さっきの紙片を指して見せる。

「お前こそ、いきなりキレて暴走するなよ」

「君にそういう心配をされるなんて心外だな。大丈夫だよ」

堀尾は、いかにもスポーツマンという爽やかな笑みを浮かべながら、俺の書き付けた文に視線を走らせた。「難しく考える必要なんてないさ。どんな相手だって、互いに腹を割って話し合えば必ず理解し合えるよ。その上で、しっかりした反省と謝罪をしてもらって、二度とこういうことをさせないようにする。それだけのカンタンなお仕事だよ」

「まあ、そうだな」

無理に決まっていることを「カンタンなお仕事」と信じられる堀尾の思考が、俺には信じられなかった。

「世界の人々が互いのちがいを認め合う優しい未来」なんて、とんだ与太話だ。

俺たちにはきっと、同級生が繰り広げている凶行のひとつだって解決できないのだから。

第三話　茂手木《もいぎ》オンエア

僕らは互いに黙ったまま、ただ時間が過ぎていくのを待っていた。午後十一時二十五分。保安員が正面玄関を解錠するのは午前六時。かつて何かの本に「人は極限的な恐怖に陥ると眠気に襲われる」と書いてあったたし、実際深く眠ることができればあっという間に朝を迎えられそうだったが、扉を隔てた廊下に今も殺人者が息を潜めているかと思うと、目は冴《さ》えるばかりだ。

僕は、閉じたパソコンから顔を上げる。

羽越《はごし》さんと目が合う。

彼は先程から熱心に生徒会顧問団の棚を漁《あさ》り、鉈《なた》だの錐《きり》だの大きな枝切り鋏《ばさみ》だのを取り出しては手近な机に並べていた。その彼が小さくこちらに手招きをしており、行くと「刺《さす》叉《また》があったはずなんだ」と机を見下ろした。机には、殺傷能力のありそうな道具の他に、オレンジ表紙の小さなメモ帳が置いてある。

「……刺叉？」

それがどういう見た目の道具だったか、咄嗟《とっさ》に思い出せない。

「不審者対策にって総務部が買ったんだよ。十年くらい前に」

「それなら、事務室にあるんじゃないですか？」

羽越さんがメモ帳の表紙をめくってみせた。

《このまま会話を自然に続けて》

「…………」顔を上げる。

「そっか、事務室か」と羽越さんが頷《うなず》く。

「でも、先刻見たら鍵がかかっていましたよ」

「ここら辺に置いてあると助かるんだがなあ」

次のページには《殺人鬼がここにいるとしたら、籠城はかえって危険だと思わないか？》とある。

――殺人鬼？　この部屋――職員室の中に？

羽越さんの肩越しのはるか後方に、卯木山《うきやま》さんが頭を抱えて座っているのが見える。

僕の背後には、元々小柄な身体をいっそう小さく丸めて動かなくなっている身延《みのぶ》さんと、椅子に座ったまま宙の一点を見つめている乙川《おとかわ》さんがいるはずだった。

職員室にその他の人間は、いない、はずだ。

《卯木山が犯人ということはないか？》

「ないと思いますよ、刺叉」即答する。

「でも一応、探してみてよ」と棚の引き出しを開け閉めする。

「そもそも、何のために」卯木山さんが轟《とどろき》さんを殺す必要があるんですか？

「とりあえず頭さえ押さえてしまえば、あとはどうにでもなるからな。とにかく、相手は轟さんを殺したんだ。いろんな可能性を考えておかないと、こっちが危険になる」

今度は羽越さんがメモ帳をまた一枚めくる。

《この中で、轟さんを殺すことが物理的に可能だったのは、卯木山くんしかいないと思わないか？》

「…………」

《彼はこのところ、かなりのストレスを抱えていたみたいだし》

僕の脳裏に「学校やめてーよ」と言っていた卯木山さんの、あの暗い瞳が蘇《よみがえ》る。

「確かに刺叉があると心強いですよね。錐や鉈じゃ、相手を殺してしまうかもしれませんし……」

「別に殺したって構わないいんだ。こっちの命が掛かっているんだから」

そう言って羽越さんは鉈の柄に指を添えた。彼が「殺したって構わない」と言っているのは、校舎内を徘徊《はいかい》している得体の知れない殺人者ではなく、僕の視界の奥で頭を抱えている卯木山さんのことである。そして一度怪しいと思ったら、この人は相手が誰であろうが——もちろん僕に対してだって——躊躇《ちゅうちょ》しないだろう。

僕は頷いてみせた。

この人は、教頭選挙という枠組みの中でしかモノを考えていない。今、一番、職員室の中で危険な人物がいるとしたら、それは卯木山さんではなく、羽越さんなんじゃないだろうか。僕は羽越さんの青白くて乾いた指先を見つめた。その下にある、鉈の青いペンキの付着した柄《つか》が、すでに彼の指と同化しつつあるようだ。

その時、不意に、その脇に並んだ錐が、誰も触らないのに水平方向へ音もなく転がった。かたかたかたかた、という周囲の物音で原因がわかる。

地震だ。

校舎の直下に何か大きくて怠惰な生き物が棲《す》んでいて、そいつが時折身体を伸ばしている。そんな風に感じられる揺れ方。

僕は蛍光灯を見上げた。意味のない行動だが、地震が起こるとつい条件反射的に天井に目をやってしまう。崩れ落ちてくるのを無意識に恐れているのだろうが、崩れたと思った時には手遅れなんだよな、といつも思う。

揺れはいつものようにだらだらと続き、そのまま緩やかにフェイドアウトしていった。

＊　＊　＊

「どうして、こんなになるまで放っておいたんだ！」

池尻《いけじり》さんが突然椅子を蹴って立ち上がったのは、職員会議が始まって三時間が経過した頃だった。

「基礎がここまで劣化しているなんて、誰にも想定できませんでしたよ。誰のことも責められないし、第一ここで感情的になったって何も解決しないでしょう」

轟さんがうんざりした口調で応じた。

会議室の壁面にはプロジェクターの光が当たっていて、そこに緋摺木高校の断面図が映し出されていた。驚くべきことに、地下の大部分が水に浸されているらしく、図の下の部分があちこち赤く塗り潰されている。そのせいで、校舎の基礎が血の沼に嵌《は》まり込んでいるように見えた。

事務長が臙脂《えんじ》色のネクタイを結び直して咳払《せきばら》いをし「ここ数年で地下水脈の流れが大きく変わった。それが今回の主たる原因ですから、管轄している町や当校の理事会とも協議いたしまして、それから然《しか》るべき対応を」云々《うんぬん》と述べる。

「長期的にはそれでいいと思うんですが、当面の安全性はどう確保するおつもりですか」

卯木山さんが挙手しながら問い、事務長は苦笑いを浮かべる。そこに割って入るようにして校長が「心配ないですよ」と固い声で答えた。

「そう言い切っちゃって、本当に大丈夫ですか？　根拠とか、お示しになれますか」

「なれないよ。だけど大丈夫です。先生方は御心配なさらずに業務をお続けください」

「いやいやいや、校長先生」卯木山さんが失笑した。「心配するなと言うのは無茶でしょう。我々だけじゃない。生徒たちの命が掛かっているんですから」

「じゃあ、どうするんですか？　改修ならまだしも、校舎全体を建て直すなんてことになったら。仮設の校舎だって建てなきゃならなくなる。そんな予算や時間なんて、ありませんよ」

事務長が、校長の言葉に深く頷く。

「建設的なことを言ってもらわないと困りますよ、校舎の問題だけにね」と羽越さんが戯《たわ》けたように言い、誰かが「うまい！」と手を叩《たた》いた。

「…………」

卯木山さんの表情に翳《かげ》が差した。

そう。

確かに、卯木山さんはストレス、というより学校側が時折見せる不真面目な態度に強い不満を抱えていた。

地下水に侵され劣化した基礎の上に僕らの学校は立っている。時折学校が揺れるのは地震のせいではない。だからこそ、足下が動くたびに僕は言いしれぬ不安感に襲われる。きっと他の教員たちも、そして生徒たちだってそう感じているだろう。

＊　＊　＊

「犯人、まだいますかね」と僕は誰にともなく問いかけてみた。

「見てきたら？」と、奥にいる乙川さんが嫌な笑い方をした。

「死体を丁寧に切り分けて並べておくような奴だぞ。まだいるに決まっている」

羽越さんは大真面目に答えた。今度は、リール状の延長コードやスズランテープといった紐状《ひもじょう》のものを別のデスク上に展開している。常に何かをやっていないと落ち着かないのだろう。

「死んじゃったんだねえ、轟さん」

身延さんが意外なタイミングで泣き出した。

「泣くのは明日にしよう。今は自分たちの心配をしないと」と卯木山さん。

僕はこの時初めて、死んでしまった轟さんに一瞬思いを馳《は》せた。極限的な状況であるとはいえ、考えてみればおかしなことではないか。これまで一緒に仕事をしてきた仲間が、不慮の死を遂げたというのに、僕らは一度たりとも彼のことを悼んでいなかった。

轟さん。僕が赴任した時、こんなアドバイスをくれた。

「人の生死が掛かっていないようなことで一々くよくよしなくても大丈夫だよ。適度に気を抜いて取り組んだほうが良い仕事ができると思う。……あと、僕が言うのもアレだけど、くだらない派閥争いに巻き込まれないようにね。生徒のほうを向いていない事柄なんて、学校では全く些末《さまつ》なことだよ」

「学校に派閥なんてあるんですか」と問い返すと、轟さんは丸っこい顔を大袈裟《おおげさ》に動かして渋面を作って見せた。

「悲劇と滑稽、どちらの面を見るかは、君次第だね」

その顔は今、事務室前のロビーに転がっている。

「思い付いたことを言ってもいい？」

身延さんがワンサイドに結っていたポニーをほどきながら洟《はな》を啜《すす》った。「これは話半分に聞いて欲しいんだけど」と主に乙川さんに断りを入れて、続ける。

「皆、この事件を無差別殺人のように考えているけど、こういう可能性はないかな、犯人の狙いは轟さんだけである、とか――」

「だとしたら、もう帰ってますよね。犯人」と僕。冗談めかした口調で言ってみたのだが、誰も乗ってこない。

それどころか、「話半分に聞ける話じゃないわ」乙川さんは怒りのこもった声でそう言い、ウェーブのかかった髪を掻《か》き上げて立ち上がった。視線を床に落としたまま、最短距離で僕や羽越さんのいる机までやってくると、我々へ断りもなしに錐を一本手に取る。

そんな乙川さんの挙動を目で追うと「じゃあ、やっぱりこの話は止めにしましょう」と、身延さんはあっさりと話題を撤回して背もたれに寄りかかった。

「なぜ、止めにするんだ」羽越さんが瞳を輝かせてこだわった。その背後で卯木山さんが「勘弁してくれよ」と口だけ動かす。

職員室ではこのところずっと、新年度の教頭人事が大きな話題となっていた。

校長は理事会がトップダウンでどこかから連れてくる場合が多かったが、教頭は教員たち――正確には緋摺木高校教員労働組合に、実質的な人事権が与えられていた。そのため、ほとんどの教員が、立候補者である池尻典孝《のりたか》か轟善継《よしつぐ》のいずれかに投票することになっており、目下、一部の教員の中ではその票読みが頻《しき》りに行われていた。

もちろん、どちらが教頭になっても一向に差し支えがないという僕のようなスタンスの者もいるのだろうが、この選挙を死活問題のように捉えている者だっている。

一人は「轟さんの腰巾着」と揶揄《やゆ》されることの多い羽越登《のぼる》であり、もう一人は池尻さんの愛人である乙川さんだ。

池尻さんと乙川さんの不倫関係はいわば公然の秘密であり、多くの生徒の知るところでもある。この二名に少しでも隠そうという気配りがあったならもう少し上手に立ち回れたのだろうが、彼らにはそうした良識が欠けていた。それは多分、この二人が若い頃モテなかったからなのではないか、と僕は勝手に推し量っている。

「ここで皆で押し黙っていたところで何も生産的じゃないだろう。せっかく優秀な頭が五つもあるんだから、あらゆる可能性を吟味してみようじゃないか」と羽越さんはいつになく饒舌《じょうぜつ》に述べて手まで叩いた。「犯人の目的が最初から轟さんだったなら、動機があるのは池尻か、あるいは――」

「何よ！」

乙川さんが錐を机に振り下ろす。「こんなのって単なる嫌がらせじゃない！　轟さんが殺されたとき、わたしがここで机の掃除をしていたって、そこの二人は知っているのよ！」

「確かにしてましたよ、掃除」

僕は一応フォローしておいた。

「派閥争いに巻き込まれるな」。僕にそう助言してくれた轟さんがこの状況を見たら、どう思うだろう。僕は暗澹《あんたん》たる心地になっていた。卯木山さんではないが、勘弁して欲しいと思う。

「乙川さん、この人はわたしを疑っているんです」卯木山さんが静かな口調で言った。

「僕はさっきまで職員室にいなかったし、今日の職員会議はあんな感じだったし……さっきから保科《ほしな》君とコソコソ筆談していたのも、そういう話でしょう？」

「本当のところ、お前じゃないの？」羽越さんは悪びれた様子を見せない。

「ちがう、と言ったってどうせ信じないでしょう？　どうします？　夜明けまで、僕をそこら辺に縛り付けておきますか？」

「そうさせてもらって、いいの？」

「卯木山さんじゃないと思いますよ」たまらず口を挟んだ。

「だって、教頭問題が動機だとしたら、バラバラにする必要がないでしょう」

「死体をバラバラにする理由は大雑把にいって三つに分類できるって何かの本で読んだことがあるよ」と身延さんが指を三本立てた。
①殺すだけでは飽き足らないほど憎んでいた。
②死体を隠滅、または処理しようと思った。
③バラバラにすること自体が目的。――つまり、そうすることである種の欲望とか自己顕示欲が満たされる。
「今回の場合、②は問題外ですね。僕は③だと思うんですけど、羽越さんはどうですか」と僕は羽越さんに問いかけた。「事務室前のあの惨状から、僕は挑発とか嘲笑というニュアンスを感じましたけど」

「ふざけ半分でアレをやったんだとしたら、俺の中で一番怪しく思えるのは、保科。お前だぞ」

「ええっ」僕は目を剝《む》いた。「羽越さんって僕のことをなんだと思っているんですか」

「いや、自覚はないんだろうけど、保科君って他人に対してちょいちょい残酷なところあるよ」身延さんが、苦笑を浮かべる僕に追い打ちをかけてきた。

「そんな。心外――」です。そう言いかけた、その時。

ガンッ！

だしぬけに職員室のドアが鳴った。

我々は弾《はじ》かれたように顔を上げる。

目が合う。

「誰か……」

卯木山さんが言い掛けた、その台詞を遮るように再びガンッ！　と鳴る。

「ほら見ろ、やっぱりまだ犯人がいるじゃないか！」

喚《わめ》きながら、羽越さんが進路の棚へ駆け寄る。その右手に、鞘《さや》から抜かれた鉈が職員室の白色蛍光灯を浴びて鈍く光っている。

「待って！　犯人じゃないかも――」

卯木山さんが羽越さんの脇を駆け抜けた。職員室の扉と進路指導部の棚との間に顔を突っ込んで「誰ですか！」と問いかける。

「やめて！　危ないよ！」と身延さんが腰を上げる。

「だって！　仲間が助けを求めて来たのかも知れないんですよ！」

「やめろって言ってんだろ！　犯人が入ってきたらどうすんだよ馬鹿野郎！」

乙川さんが、これまで聞いたことのないような野太い声をあげた。錐を握りしめて、全身の脂肪を揺らしている。しかし、そんな乙川さんの剣幕を目の当たりにして卯木山さんは怯《ひる》むどころか「静かにしろ！」と叫び返した。

「廊下から、何か声がする！」

――廊下から？

職員室が、刹那、水を打ったように静まった。

ボソリ。

確かに、人の声のようなものが僕のところまで届く。しかし、それが誰の声なのか、そして何を言っているのかは、わからない。卯木山さんには聞こえたのだろうか、「今、開けます！」と改めて廊下側の棚に体重をかける。

「嫌だ！　開けないで！」と、乙川さん。今度は金切り声になっている。

「卯木山！　やめろ！」と羽越さん。卯木山さんの肩に手をかけて叫ぶ。

「今、職員室の外には、誰もいない！」

その発言に、卯木山さんの動きが止まる。

「廊下の状況がどうであれ、ここを開けるのは危険だ」と羽越さんが重ねて主張した。ゆっくりとした、静かな声だった。

「だから、今、職員室の外には誰もいない」

ガン。羽越さんの発言へ抗議するように、扉が鳴った。さっきのような力強さが失われている。

「だって、音が」と扉を指す。

「聞こえない。俺には聞こえないぞ。誰か、何か聞こえたヤツはいるか？」

羽越さんが我々を振り返った。誰も、僕も、何も言わなかった。

「でも」

「ここにいるのは、お前だけじゃないんだぞ。扉の向こうにいるのが犯人だったらどうするつもりだ。皆を危険に晒《さら》すような真似はやめろ！」

「でも、もし向こうにいるのが犯人じゃなかったら……見殺しじゃないですか……」

再び廊下から物音がした。

今度は扉を叩く音ではない。ゴツッと床が響く。

何か堅くて重いもの――例えば頭――が落ちたような音だった。

「助けて」という声が切り貼りされたような明瞭さで扉越しに聞こえ、また元のように廊下は静まりかえった。

「今の声……」

ポツリと身延さんが呟《つぶや》き、弾かれたように卯木山さんがバリケードになっている棚へ体当たりをする。

「何をやっているの！　やめなさいよ！」

乙川さんが髪を振り乱して卯木山さんへ躍り掛かった。

「やっぱり僕には無理だ！　今なら、まだ間に合うかも知れないのに！」

一直線に突っ込んできた乙川さんを、卯木山さんが押しのけた。乙川さんは大きくよろけて羽越さんとぶつかり合い、二人で縺《もつ》れ合うようにその場に転倒した。

「やめなよ、卯木山くん！　やりすぎだよ！　それに、あの音……今から開けたって、もう手遅れだよ……」と身延さん。

「池尻さんの声だったんだぞ！」と卯木山さんが両膝をついた。

「何ですって」

僕は慄然として顔を上げた。

「乙川さんがこんな時間まで用もないのに残っていたのって、やっぱり池尻さんと一緒に帰る約束をしていたからなんだね」と身延さんが眉間に皺《しわ》を寄せる。

池尻さんは犯人から逃れて何とか職員室までたどりついた。施錠されていないはずの職員室の扉は、しかし内側から棚を寄せられていて開かず、そのせいで彼は犯人に殺されてしまった。僕らのせいだ。

「『いないんですね』って、確認しましたよね」そう言う僕の声が震えた。

「『いないんですね』って、二度も確認したのに！」

しかしそんな僕の非難など耳に入っていない様子で乙川さんはその場に尻餅をついていた。

髪の毛を乱した彼女の脇には羽越さんが仰向けに横たわり、その脇腹になめらかな円柱状の棒が立っている。

白色電灯の光を受けて垂直に立っているその棒は余りにも不自然で、羽越さん自身も何やらぼんやりした表情になっていたので、何すかこれ？　という温度でその棒について問いかけそうになった。が、棒の根元、羽越さんのエメラルドグリーンのベストが深い紫にじわじわと浸食されていくのを目の当たりにして僕の身体は固まった。

これは、さっきまで乙川さんが持っていた錐だ。

「――あ」

卯木山さんが、そう発声したきり、文字通り絶句した。

「羽越さん！」

身延さんが彼の元に駆け寄った。

「卯木山さんが、押したから……わたし、錐を持っていたのに、卯木山さんが押したから！」

乙川さんが頭を掻きむしる。

「こ――こういう時って、引っこ抜いたほうがいいの？　抜いたら出血が酷《ひど》くなるの？」

身延さんが意味もなく両手を動かしながら誰にともなく問いかける。

「抜くな」

案外しっかりした声で羽越さんが答えた。それからぐるりと眼球を回して乙川を睨《にら》み

「この人殺しがっ！」と喚いた。「轟さんを殺したのもお前だろう！　そしてこの俺まで――！」

「羽越さん！　大声を出さないで！　出血が酷くなります！」

上体を起こしかけた羽越さんを、卯木山さんが押さえつける。

「それに……彼女を押し倒したのは、わたしなんです」

「そう思うならさ！」

羽越さんが卯木山さんの腕を握った。なおも上体を起こそうと力を入れているのか、上半身が震えている。「救急車、呼んでくれよ」

「………」

「職員室の扉を開けるなって言ったの、羽越さんじゃない」

そう答えたのは身延さんだった。

「だったら、窓から降りればいいだろう……机に、延長コードと荷造り用の紐があるんだから……」

口調が弱々しくなっていく。上体に込められていた力が抜け、卯木山さんにしがみついていた手が床へ落ちた。

「……死んだ？」と乙川さん。

「いや、意識を失ったんでしょう。たぶん、見た目以上に失血しているんだと思います。このままでは危険です」

そう言いながら卯木山さんは羽越さんからちょっと離れ、コード類の置かれた机へ視線を走らせる。

「やめたほうがいいよ」

身延さんが牽制《けんせい》するように言った。「外に出るのはやめたほうがいい」

「わたしたちはたった今、池尻さんを見殺しにしたんですよ。この上、羽越さんまでこのままにしたら」

僕は羽越さんの腹に立っている錐をボンヤリと見つめていた。

木の柄の先端が小刻みに震えており、その下で尖《とが》った針の部分がしっかりと根元まで刺さっている。錐の下で彼のベストは黒光りしていて、僕はさっきからこれを抜いてしまったほうがいいんじゃないかと思えて仕方がない。

卯木山さんと身延さんが外に出る出ないで言い争っているうちに羽越さんの左足が痙攣《けいれん》を始め、激しく呻《うめ》き始めた。

彼の身体と連動して錐が左右に大きく揺れる。

「抜いちゃダメなんですか？　これ、抜いちゃダメなんですか？」

つい喘《あえ》ぐような口調になって卯木山さんに許可を求めると、卯木山さんは「今、救急車を呼んでくるから保科君は余計なことをしないで！」とこっちを見ずに喚き返す。「一緒に警察も呼んできますから」

卯木山さんは「緋摺木高校生徒会顧問団備品②」と印字された電源延長コードのリールを、教頭の机の脚に引っかけると、薄緑色をしたコードをありったけ引っ張り出して、息を切らしながら窓を開いた。

生温かい外気が流れ込み、カーテンが内側に揺れた。

窓から乗り出し、差し込みプラグの付いた先端を中庭へ落とそうとして、そこで卯木山さんの動きが止まった。

ビデオの停止ボタンを押したような止まり方だった。

「……？」

隣の窓から中庭を覗《のぞ》き込んだ僕の思考も止まる。

——池尻さんと、目が合った。

ついさっき職員室まで救いを求めにやってきた池尻さんは中庭に大の字になって横たわり、両目を大きく見開いていた。首から下は俯《うつぶ》せになっているのに、顔だけがこっちの方向に向けられている。そしてその口元に、トトロのような笑みを浮かべている。「こっちへ、おいで」そう語り出しそうな気がした。

卯木山さんはその場にコードを取り落とし、慌てて窓を閉めた。カーテンをひく。

女性二人は事態が飲み込めずに目を丸くしている。

「池尻さんが、そこに」と僕は解説をした。絞り出すような声になる。

「窓から出ていくのはＮＧだっていう、犯人からのメッセージなのかな……」

そう言って、身延さんが大きく息を吐き出した。そのため息が池尻さんを悼んでのものなのか、卯木山さんを外出させずに済んだという安堵《あんど》によるものなのか、僕には判らない。

乙川さんが、細くて高い嗚《お》咽《えつ》を漏らした。

それを見る僕の肚《はら》に、彼女へのわだかまりが残っている。

彼女は最初から、池尻さんが学校にまだ残っていることを知っていた。知っていたのに職員室を締め切れと強弁し、扉を叩く者があっても頑として開けさせようとしなかった。

そして今は悶《もだ》え苦しみ瀕死《ひんし》になっている羽越さんの足元で泣きじゃくり「池尻さんが死ん

じゃったー。羽越さんまで死んじゃったら、どうしようー」と繰り返している。

羽越さんのことを心配しているのではない。

殺人を犯したことになるのが、ただひたすら怖いのだ。

その心根を知ってのことなのか、身延さんが乙川さんに歩み寄って肩に手をかけ「あなたが悪いんじゃないから」と、普段よりも少し低い声で慰めた。

「これが事故だって、みんな知っている。それに、こんな状況なんだもの、誰もあなたのことを責めたりしないよ」

「身延さん」

全身茶色のジャージ女が身延さんの細い身体にすがりついた。「今まで、年下なのに、失礼な口ばっかりきいてゴメンナサイー」

この女に、失礼な口をきいているという自覚があったことに驚いたし、それを言ったらかえって失礼なんじゃないかとも思ったが、僕は黙っていた。

「池尻さん……下にいるのか……」

荒く息を吐きながら羽越さんがこちらへ首を回した。意識が戻ったらしいが、わずかな時間の内に顔色がすっかり悪くなっている。あと六時間も保《も》つとはとても思えない。

「死んでいると思います」と卯木山さん。

「最初から、池尻さんが目当てだったのかもな」

「…………」卯木山さんの表情が険しくなる。

「轟さんの言った通りだったな」羽越さんは唇を歪《ゆが》め、それから数回咳《せき》をした。「生徒のほうを向いていない事柄なんて全て些末なことだ。これはつまり、そういうことだろう？」

「……何の話をしているんですか」と、僕は口を挟んだ。

「犯人が生徒かもしれないって話ですよ」卯木山さんはそう言って頭を抱える。

職員室の空調が、ごひゅう、と大袈裟なため息をついて静かになった。いったん、満足のいくところまで室温を下げ終えたということか。

身延さんが手持ちのブランケットの中でさらに身体を縮めて「もし万が一、生徒だったとしても構わないですか」と呟いた。「ちょっと前に羽越さん、おっしゃったじゃないですか。『別に殺したって構わないんだ』って。あれ、相手が生徒でも構わないですか」

「…………」羽越さんは不快そうに眼を閉じた。しばらくして「君だって、轟さんの状態を見てくればわかるさ」と応えた。

僕の脳裏に、元は轟さんだったはずの肉塊が大小さまざまな形をして無造作に並べられていた、あの惨状が蘇る。今だに、あれが現実の出来事なんだとは思えない。あの強烈な臭いがなければ、今でも信じていなかっただろう。

「このままここから出なければ大丈夫だよね」身延さんが自分に言いきかせるように頷く。

僕らは返事をしなかった。たった今、助けを求めてやってきた同僚を見捨ててまで、僕たちは職員室の扉を開こうとしなかった。身延さんのこの発言を肯定すると、次の仲間がやってきたとしても同じように扱う、と意見表明したことになる気がしたからだ。

「生徒を殺す心配なんて、する必要ないわよ」乙川さんが、錐を強く握る。「だって、人を殺したら、その時点でその子はうちの生徒じゃなくなるんだから」

「それはいくら何でも無責任じゃないですか」

背後から、そんな抑揚のない声が響いた。さっきまで頭を抱えていた両手が机に下ろされている。卯木山さんは上目遣いになって職員室を見渡し、「犯人を殺人に駆り立てた原因はわからない。だけど、彼がわたしたちと全然関係がないっていうのは絶対に違うと思うんですよ」と言う。

「……」

僕ら四人は四様に黙った。

僕は、卯木山さんが犯人のことを「彼」と表現したことに引っかかっていた。そして、僕が感じた引っかかりに、残りの三人が引っかかりを感じていない様子なのも気になる。

目の前では羽越さんが視線をこちらに据えていた。

《君は、卯木山くんをどう思う》

メモ帳に書き付けられた、角張った文字が脳裏に蘇る。

「無関係じゃないから殺されてもいいって、そう言っているんですか」

乙川さんが唇を歪めて笑った。そう見えたかと思うや、急速に表情を変化させて「じゃあアンタが一人で殺されなさいよ！」と叫ぶ。

「殺されてもいいなんて一言も言ってませんよ、わたしは。こっちから殺すのは違うって言っているだけです。どうして殺す殺されるでしか考えられないんですか」

「今更、教育者面？　気にかけているふりをしながら、ずっと放置してきたクセに！」

「そんなこと、アンタに言われる筋合いはないでしょう！」

「ちょっと待って！」顔を覆っていた髪を払い、ワンサイドポニーに結った身延さんが椅子から両脚を下ろした。

「あなたたちは先刻から一体誰の話をしているの？」

「…………」

空中でぶつかり合っていた卯木山さんと乙川さんの視線が揺れた。

「卯木山くん、職員会議で言っていた、日常生活でおかしくなっている生徒って、誰のこと？」

「それは――」

「茂手木倶也《ともや》だろ」

答えたのは羽越さんだった。薄く開かれた眼が充血している。

「俺らだっていつ殺されてもおかしくない。事ここに至って、別にお互い取り繕ったって仕方ないだろう。ここは一つぶっちゃけて意見を出し合ったほうがいい」

「茂手木倶也……」

口の中で呟いてみる。

成績会議で何度か名前を聞いたことがある。単位の取得が困難で、授業態度にも問題あり。そう表現していたのは担任の羽越さんだった。

「とはいえ原級留置したところで改善の見込みはないし、何だかんだでここまで進級させてきたわけでありますから、担任といたしましては、どこかの病院で診断書の一つもでっちあげるなりして書式を整え、とにかく卒業させてしまうのが一番いいだろうと思います」と流暢《りゅうちょう》に述べた上、「そんな次第ですから、一学期に評定で1（不合格）をつけるのだけはやめていただきたい」と言い放った。その強引な意見が印象的だったので、僕はその茂手木倶也なる人物を記憶していたのだ。

「その、僕は茂手木という生徒を知らないんですが、そいつはこういうことをしでかしそうな奴なんですか」

「生徒の中でこんなことをしそうなのは茂手木しかいない」と苦しげな息の下で羽越さん。

「その場合、学校の成績評価に不満があって、とかいう動機ですか？」

「不満なんてあるはずがないじゃない。結局、俺のおかげで1（不合格）は一つもつかなかったんだ、感謝されこそすれ」

「じゃあ、どうして茂手木が怪しいなんて……」

「何を考えているのかわからない奴なんだよ」

キッパリとした口調だった。言い終えると、羽越さんは小さく口を引き結ぶ。

羽越さんの言葉の響きには凄味があって、僕は思わず唾を飲んだ。

身延さんが総務部の書棚から生徒の個人写真票を引っ張り出し、こちらへ差し出した。

「わたしとしては、茂手木倶也を知らずにいる教員のほうがよっぽど何を考えているのかわからないけど」と片方の眉を持ち上げる。

「僕、今年の三年生は二クラスしか教えていないんです」

言い訳しながら、開かれたページに目を落とす。

証明写真の正方形が並ぶ中に、茂手木倶也の顔があった。学ランの前を開いた下にパーカを着込んでいるのは彼だけであるため、それだけで印象が悪い上、何の変哲もない顔にこちらの御機嫌を窺《うかが》うような卑屈な笑みが浮かんでいる。こちらを嘲笑しているようにも、また、こちらに命乞いをしているようにも見える。

「一年次の冬に問題を起こしたんだよ」

卯木山さんが自分の肩を金槌《かなづち》で叩きながら淡々と語り出した。

＊　＊　＊

二年前の、大雪が降った翌朝のことだった。

普段まとまった雪を見ることのない生徒たちは、中庭に積もった雪を投げ合うなどして互いの精神年齢の低さを確認し合っていたが、中でもとりわけダメだったのは土岐沢《ときさわ》という奴で、彼は豊富な資源を活用して男性器としか思えぬ雪像をせっせと拵《こしら》えていた。しかし、それが完成する直前、生活指導の幸田《こうだ》さんが当該オブジェを蹴り壊し、スキンヘッドをピンク色に染めて説教を開始した。

「お前がやっていることはセクハラである。下品かつ幼稚で、第一全く面白くない。こんなものを作って明らかになるのはお前が品性のない凡庸な人間であるというだけのことだ。今日一日、己の低俗な没個性ぶりを恥じながら過ごせ」

近くにいた大串《おおぐし》と堀尾《ほりお》が「バーカ」と笑う。

そんな彼らの脇を、深々とフードをかぶった茂手木が足早に横切った。

思い詰めた表情と、「く」の字に曲がった身体。

何だかいつも以上に変だな、と誰しもが思った。

そして、直後、それまでの喧噪《けんそう》が掻き消された。

茂手木がブレザーの下に着込んでいた霜降りのパーカの右ポケットに赤黒いシミが広がって、重みのある液体がぼたぼたと彼の足下に落ちたからだ。生徒たちに踏み固められて茶色くなった雪の上に、暗い朱が広がる。

「うわ、茂手木っ！」

一番近くにいた大串が悲鳴をあげた。「何だよ！　何だよ、お前、それッ！」

いったん静寂が破れると、あとは火がついたような騒ぎだった。

しかし茂手木本人は、周囲の騒ぎと自分とは無関係であるというような態度でそのまま北棟の校舎へ入っていこうとする。その丸まった背中をしばし呆然《ぼうぜん》と眺めていた幸田さんだったが、茂手木の上着ポケット付近から再度血が滴るのを見ると、俄《にわか》に顔を上げて「ちょっと待て、お前！」と叫んで茂手木の前方へ回り込んだ。

フードの下で茂手木の薄い唇がゆっくり横へ広がっていくのを、幸田さんは確かに見た。

保健室へ連行し、養護の千坂《ちさか》さんと一緒に彼のパーカを検《あらた》めると、ポケットから鳩《はと》が顔を出しており、その首が、向かって右の方向へ直角に折られていた。

一年学年会（当時）は、いくら当人に聞いても今一つ事の経緯が判然としないこの事件について生徒部問題にしないこと、それに茂手木の今後二年ある高校生活のことを鑑みて、この件について生徒には何も報告しないことに決めた。

ちなみに、一年次にも茂手木の担任をしていた羽越さんは学校へ保護者を呼び出そうとしたのだが、母親は「どうして学校まで行かなければならないのですか。電話でお話すれば済む話でしょう」と言い放ち、「大体、生徒手帳のどこに『鳩の死骸をポケットに入れて歩くな』なんて記載されているんですか？」と鼻で笑った。

それでも羽越さんがメゲずにスクールカウンセラーとの面談を勧めると「ウチの倶也は心根の優しい子です。動物の死骸を持ち歩くのが異常だっておっしゃいますけど、先生から御覧になって、蛇革の財布を持ち歩く方や家の居間などに鹿の剝製を飾る方など、さぞかし猟奇的に映るんでしょうねえ」と返された。

＊　＊　＊

「あの母親あってあの子あり、という感じだったよ」と羽越さんは弱々しく笑った。「轟さんを殺したことについてだって正当化しかねん女だよ、あれは」

「確かに変な子だし、正直言って気持ち悪いけど、人を殺すという感じじゃないと思う……」と身延さんは首を傾《かし》げた。「それに、普段小動物を殺すような人って、自分よりも弱そうなものをターゲットにするんじゃないの？　女子供とか。轟さんって、むしろ——」

「……で？　仮に茂手木がやったことだとして、だったら何だっていうの？　あの子相手にどう説得するつもりなのかしら卯木山さんは」

　乙川さんが話を元に戻した。

「世の中には倫理観のないモンスターみたいな奴らが一定数いて、人間面して横暴に振る舞っているのよ。教室の中にだって、何年かに一人くらいの割合で見るでしょう、得体の知れない奴を。その親玉が茂手木倶也なの。人語で教育なんかしたって無駄だわ」

「だから殺してもいいって言うの？」と身延さん。

「殺すとは言ってない！　でも、どうしようもなかったら、他にやりようがないでしょ！」

「ちょ、ちょっと待ってください」僕は耐えきれなくなって手を挙げた。「それがなんで、池尻さんなんですか？　池尻さんが殺されたことで、どうして茂手木が疑われるのか理解できないんですけど」

「それは、」と卯木山さんが目を見開いた。

キーンコーンカーンコーン
その時、我々の頭上で、鐘が鳴った。
日が変わって、午前零時十分。開催されることのない文化祭の一日目の始まりだ。
チャイムが鳴り終わるのを待って、卯木山さんが口を開く。
茂手木倶也は特徴のない生徒だった。

少なくとも見かけ上は。

平均的な体重にありがちな顔。成績は低空飛行というより胴体着陸といった有様だったが、そういう生徒は教員からすれば珍しい存在ではない。にもかかわらず、彼は全校生徒の中に紛れていてもすぐに見つけ出すことができた。見えない力に視線が誘導される。

他の生徒たちとの心理的な距離が彼を周囲から浮かせてしまっている、というのも当然あるのだろうが、モイギの場合、彼の纏《まと》っている独特の空気に問題があるのが明白だった。むろん、その空気はポジティヴなものであろうはずはなく、彼の全身の毛穴からはあたかも黒い蒸気が立ち昇っているようだった。

そしてその空気は、彼の元へ暴力を引き寄せた。

茂手木倶也は普段からよくパーカのフードをかぶっているが、それは顔や首についた痣《あざ》や傷を隠すためのものだ。

「誰の目から怪我を隠そうとしていたのかは、不明ですけどね」

卯木山さんはポッドの湯をコップに注いだ。

「誰の目って、親の目なんじゃないんですか」

僕が素朴に問い返すと、卯木山さんの目がとがめるようなものへ変化する。

「それはないよ。親は殴っていた側の人間なんだから」

「……！」

「それじゃあ、教員たちの目を気にしていたっていうの？　あの子が？」と身延さん。そもそも他人の目を気にしていたこと自体が意外、という口調だ。

「それも違います」否定する卯木山さんの声が上擦《うわず》った。「だって、教員も殴る側の人間だったんだから」

「そんなバカな、一体誰が」と、つい声が出た。

「池尻さんよ」声を震わせながら僕に答えたのは乙川さんだった。

「あの人は体育の補講にかこつけて、放課後にしょっちゅう茂手木を呼び出しては殴りつけていたわ」

「何で」

「彼曰《いわ》く『こういう奴を無反省に卒業させるのは社会にとっても学校にとっても良くない。できるだけ早期に矯正しておいたほうがいいんだ』だそうよ」

「……滅茶苦茶だ。大問題じゃないですか」ほとんど反射的に僕は叫んでいた。

教員にあるまじき池尻さんの行状へ義憤を抱いたというより、そのことと僕らが今置かれている状況とが関係している、というのが恐ろしくて仕方ない。

「大問題だけど、大問題じゃなかったんだよ。たった今までは」

卯木山さんが渋面をますますしかめて言い返してきた。

「池尻さんがいくら殴ったって、茂手木の母親はその傷を自分のせいだと思っていただろう。生徒は生徒で、どこかの誰かが茂手木をイジメているんだろうとしか考えていなかった。そして当の茂手木は池尻さんのことを訴えるどころか自分の傷を一生懸命隠そうとしていたんだ。これじゃ、問題になりようがないだろう」

「でも、卯木山くんはこのことを知っていたんだよね」

身延さんの目が据わっている。「知っていたのに止めようとしなかった。そうなんだね」

「池尻さんは、次期教頭の最有力候補だったんだ。察してくれ」

「何を言っているの？」

彼女は顔を伏せた。髪が流れて横顔を隠す。「何を言っているの？」と繰り返した。

「ごめん」

「それを言う相手はわたしじゃないでしょ」

「…………」

僕だって卯木山さんには失望していた。就職して以来、ずっと憧れていたし目標でもあった。彼と僕とでは全然キャラが違うことは承知していたけれど、だからこそ彼のような教員になりたいと思い続けてきた。

――相手が彼だから、身延さんのことを諦めることができたんだ。身延さんとの関係を、同僚以上のものにしないことに納得していたんだ。それなのに。

ネガティブな感情を振り払うように、個人別写真票に目を落とす。

茂手木倶也の曖昧な表情と目が合う。

フードをかぶって押し込めていた怒りが、学校祭の前日になって理性の壁を決壊させたということなのか？

轟さんや、職員室の我々がこんな目に遭っているのは、同僚教員による校内暴力に何も手を打ってこなかった、その報いということなのか？

「ずいぶん理不尽じゃないですか」

僕は視界が暗くなっていくのを感じていた。「僕は茂手木のことなんて知らないのに。他にも責任を取るべき教員はいくらでもいるのに」

「茂手木君から見てどうかしらね。暴力を振るってきた教員と、それを知っていながら何もしなかった教員、そんなことが起きていることを知りもしなかった教員。それらの間に差があるのかしら」

言いながら、身延さんは顔を上げて鼻を鳴らした。こちらを軽く睨む、その目が充血している。

――そうか。

僕の中でようやく謎が解けていく。

「茂手木が小動物を殺しまくっていたのは、彼なりに考えた上でのメッセージだったのかも。池尻さんから不条理な暴力を受けているのに、親にも教員にも訴えられない。頼れる友人もいない。自分は、このままでは、こんな風に殺されてしまう――。小動物たちの死骸は、グロテスクな表現で書かれた茂手木からの告発文だった。そして、僕らはそこに書かれた文字を最後まで読み取ることができなかった。この事件は、つまり、そういうことだったんじゃないですか……？」

「俺たちで、彼のことを救わなければ」卯木山さんが誰の目も見ずに言った。

「救わなければ？」

彼の言葉を嘲笑交じりに鸚鵡《おうむ》返ししたのは乙川さんだった。

「『俺たちで』？　それって、事がここに至るまで、池尻さんの暴力に何の対応もしてこなかった『俺たち』のこと？」

「確かに、その点に関しては全く言い逃れができません……。本当ならずっと前に救っておかなければいけなかったんだから。でも、こんなことになってしまった今からでも、わたしたちは彼を救わないと。これ以上殺人を犯さないように」

「それって、命乞いとどう違うの？」

「そんなことを言ったって、何もせずにはいられないよ。羽越さんもそろそろ限界だし」

羽越さんは相変わらず床に仰向けになって倒れていた。不快気に目を閉じ、乾ききった唇が中途半端に開いている。そこから息遣いが聞こえてくるが、ちょっと前ほど激しいものではなくなっている。痛みが安定しているのか単に衰弱してきたのか、判然としない。

傷口が小さく、また上を向いているせいか、大量に出血しているという感じはしないが、だから安心ということにはならないだろう。

卯木山さんが職員室の窓から上体を乗り出して「茂手木っ」と叫んだ。「茂手木っ。そこにいるのか？　返事をしてくれ、茂手木っ」

しかし、中庭からは茂手木からの返事どころか物音一つ伝ってこない。

「茂手木っ」と、また叫んだ。

塗り固められたような静寂が返ってくる。

「本当に茂手木なの？」と乙川さん。

「茂手木！　羽越先生が大怪我をなさっているんだ！　早く病院へ連れて行かないと危険なんだ！　羽越先生は成績の足らないお前が進級できるようにって、ずいぶんと手を尽くしてくださったんだぞ！」

そういう言い方って逆効果になるんじゃないか、とも思ったが、状況はこれ以上悪くなりようがない。

茂手木からの返答の代わりに、再び校舎が震えだした。かたかたかたかたかた、と棚のガラス戸が音をたてる。呼応するように職員室の空調がまた、ごん、と音を立てて冷気を盛大に吐き出す。

「本当に茂手木なの？」

乙川さんが額のカチューシャに手を当てた。

その台詞と地震が相俟って、僕は次第に、一連の事件を起こしているのは茂手木ではなくこの学校そのものなんじゃないか、という気がし始める。そういう発想に囚《とら》われ僕はいてもたってもいられなくなって窓へ駆け寄ると、閉めたばかりのカーテンを横へ引いた。

窓の外の空気は纏わりつくように温《ぬる》く、生臭かった。見たいなんて微塵《みじん》も思わないのに、視線は無意識の内に池尻さんへと吸い寄せられる。その引力を振り払うようにして前方へ向き直る。

学校祭の装飾のせいで統一感のなくなった窓枠が冷たくこちらを見返してくる。まるで、叱られないように身体だけ素早く整列した生徒たちのようだ、と思った。

「茂手木！」

僕は見知らぬ生徒の名を叫んだ。向かいの校舎の壁で、僕の声が微《かす》かに反響する。「キチンと向かい合って話をしたいんだ。出てきてくれ！」

「ねえ、どうしてなの？」

いきなりガッと右袖を引っ張られた。至近に乙川さんの顔がある。咄嗟に声をあげて彼女の手を振り払った。振り払った後で、自分が思っている以上に乙川さんを「羽越さんを刺した女」として強く意識していることに僕は気が付いた。

気まずさが二人の間に流れたが、すぐに切り替えて乙川さんが「どうして――」と言い直す。

「茂手木君が小動物を殺すのは、わたしたちに救いを求めていたからだって先刻説明してくれて、それはそうなのかもって思ったけど、だとしたら彼は今度は何のために轟さんをバラバラにしたのかしら。バラバラにしただけじゃなく、身体の部品を並べてあったって保科君、言っていたでしょう。それって何のためなの？　やっぱりそれも何かのメッセージなわけ？」

「神社の猫たちと同じように解体することで、これも僕がやったんだぞっていう、茂手木なりの承認欲求のアピールだったんじゃないですか」

思い付きを答えながら、つい僕の視線は眼下の死体に引き寄せられる。池尻さんが相変わらず芝生の上で口をニッと開いたままこちらを凝視している。あんたのせいでこちらは大変な思いをしているというのに、随分いい気なもんですね。そんな台詞が湧いてくる。と同時に、乙川さんへたった今返した自分の答えが、あまり説得力をもっていないことに気が付いた、その瞬間——。

♪ピンポンパンポン

全校放送を知らせる、上がり調子のチャイムが校舎中に響き渡った。

「！」

　僕らは、床に電流が流れたみたいにその場で硬直し、素早く視線を交錯させた。

　このチャイムを鳴らせるのは放送室だけだ。そして放送室は、今我々がいる職員室の直上である。

「誰が――」と身延さんが顎を上げる。

〈うふっ〉

　咳払いのようなノイズが流れ、次いで、

〈許して……ごめんなさい。ごめんなさい〉

　と喘ぐような声が謝罪を開始した。

「茂手木だ！　やっぱり茂手木倶也ですよ！」卯木山さんが口元に手を当て、その横で身延さんが「やっぱり……、彼もやっぱり苦しんでいたんだね」と目を潤ませている。

　僕の思考は真っ白になっていた。先程の硬直から、まだ身体が回復しない。卯木山さんや身延さんみたいにすぐ校内放送へ反応できないのは、きっと僕が茂手木という生徒の声を知らないからだろう、とこの時の僕はぼんやり考えていた。

　今も学校中に茂手木の嗚咽が大音量で響き続けている。たまに聞き取れる単語があったが、それを聞いて何か意味があるとは思えなかった。

〈どうしてこんなことを……僕は……こんな酷い……〉

それからまた〈うふっ〉と咳払いして嗚咽を再開する。

「茂手木！　糞《くそ》、こんなことになる前に、どうしてわたしは」

これまで何ヶ月も抑えこんでいた良心の呵責《かしゃく》が、堰《せき》を切ったみたいに卯木山さんの裡《うち》から溢《あふ》れ出していた。卯木山さんもまた、茂手木同様に苦しんでいたのだ。

僕は身延さんへ目をやった。

彼女は目尻を指で拭うと「もう、こんなことは終わらせよう。わたしも一緒に行くからさ」と卯木山さんの肩に手をかけ、それを見ていた僕の胸に軽い痛みが走る。

「茂手木君は懺悔《ざんげ》しているんだ。反省しているんだよ。それで罪が赦《ゆる》されることはないけど、それは彼のことを救えなかったわたしたちだって同じことだよ。わたしたちは罪を分かち合える。懺悔は、それを聞く者がいて初めて完結するんだ」と、身延さん。

「そうだよな。ありがとう。僕らはきっと、こんなところに閉じ籠っていては駄目だったんだよ」そう言って卯木山さんは廊下側の棚に手を添えて、再び体重をかける。

「卯木山さん」呼びかけて、僕は棚を反対側から引っ張った。「僕が卯木山さんについて行きます」

「何で？　心配しなくて大丈夫。茂手木君はわたしたちの言葉に耳を傾けてくれるよ」

「いや、身延さんは、羽越さんと乙川さんについていたほうがいいと思うんです」

「でも」

「わたしたちのことなんか気にしなくていいから、三人で行ってきなよ」

乙川さんが柄にもなく遠慮をする。「茂手木だって、たくさんの教員に迎えてもらったほうが安心するんじゃないの」

正直、それはどうかと思った。僕が茂手木なら、三人がかりでやって来られたらかえって萎縮しそうなものだが……。けれど、反論はしない。僕はこの時、とにかく卯木山さんと身延さんを二人きりで放送室へ向かわせることに言い知れぬ不安感を抱いていたからだ。

五分後。やっとの思いで進路指導部の棚を脇へずらし、僕たち三人は廊下に立っていた。どういう殺され方をしたのか、池尻さんの血痕は見当たらなかった。その代わり、職員室の扉のちょうど胸の辺りがあちこち凹んでいる。これほど必死で救いを求めていた仲間を、僕らは見殺しにしたのだ。それだけじゃない。こんな酷いことをしなければならないところまで、僕らは一人の生徒を追い詰めたのだ。

「あまりアイツを待たせておくわけにはいかない。急ごう」と卯木山さんが口元に手をやる。やはり臭いがキツイのだ。身延さんも口元に手をやって目を閉じている。

「やっぱり、職員室で待っていたほうがいいんじゃないですか」と気を遣う。

「彼女は大丈夫ですよ」

どういうわけか、卯木山さんが応える。

「でも、この先には轟さんが」

「大丈夫」

今度は身延さんが無理矢理な笑みを作ってみせた。それを見て、これ以上言うのは止めようと僕は思った。

先頭を卯木山さんが歩き、僕は身延さんの後からついて行った。

事務室前のホールはすでに一度見ているのだが、通るのはやはり苦痛だった。四肢の筋肉がこちらの意に反してあちこち固まる感じがするのだが、これはきっと、心よりも身体がその光景や臭いを拒絶しているのだろう。

僕らはいつの間にか三階に来ていて、非常口の緑色のライトが照らす廊下の途中に放送室が見えた。

普段、放送中でも滅多につけられることのない、古ぼけた〈ＯＮ　ＡＩＲ〉のランプが、鈍く点灯している。

校内放送は断続的に続いていた。〈どうしてこんなことを……僕は……こんな酷い……〉。そして、咳払いに似たノイズ。いや、これは咳払いなのか？　〈うふっ〉と鳴る、その声。咳払いではないとしたら、何だろう。笑い声……でもないような気がする。そもそも、これって――。

「茂手木っ」衝動に駆られたのか、卯木山さんが放送室へ走り寄った。僕らも慌てて後を追う。

「茂手木君、卯木山です」

そう告げると、卯木山さんは一息ついた。「今さらなんだよ、と思うだろう。だけど、話を聞いて欲しい。僕の話が保身に走っているように聞こえたら――つまり言い訳じみていると君が感じたなら、僕のことを殺してくれて構わない。でも、その前に、せめて一言謝罪させて欲しいんだ。そして、もし――厚かましい申し出だけど、もし君の力になれるなら」

〈うふっ〉

「卯木山さん」

僕は今の〈うふっ〉を聞いたとたん、職員室を出るときに抱いた不安の正体がはっきりとわかった。もっと落ち着いて考えるべきだった。僕は――僕たちは、正答をとっくに出していたのだ。犯人が轟さんをバラバラにした理由は「バラバラにすること自体が目的」だった。だから、相手が誰であれ、ソイツは絶対に反省なんてしないし、こちらの説得に耳など傾けない。僕らは単に、放送をエサに三階まで誘い出されただけだ。これはワナだ。

「卯木山さん！」卯木山さんは、すでに放送室のドアノブに手をかけていた。

「――え？」

振り返った卯木山さんの正面で、勢いよくドアが開いた。

放送室の明かりが洪水のように廊下へ溢れて、僕ら二人を包み込んだ。

茂手木と目が合った。

その信じがたい表情に思考が停止しかけたその刹那、放送室の奥から白い手が水平にニュッとのびて卯木山さんの襟首を掴《つか》むと、ものすごいスピードで彼の身体を放送室へ引きずり込んだ。

「公太《こうた》さん！」と廊下の暗がりから、ガラスが割れるような叫び声。

身延さんが髪を振り乱して、その後を追おうとしている。

僕はそんな彼女の腕を掴むと、廊下に引き倒した。

僕らの目の前で、ドアが閉まる。

放送室の扉の向こうから、泥水でうがいをするような音が響いてきた。一拍おいて、それが悲鳴なんだとわかった瞬間、ぐにゃりと視界が歪んだ。

「公太さん公太さん」と身延さんが一定のリズムで卯木山さんの名を繰り返していて、僕はそんな彼女の肩を抱きながら、じっと放送室の扉の下を見つめていた。

ごぼごぼ、という悲鳴は小さくなっていき、代わりに扉と床との間から黒い液体が見えた。と思ったら堤防が決壊したかのように見る見るその面積が広がっていく。僕はその様子をがくがく震えながらただ見つめているだけだった。

第四話　生徒会長と不気味男爵

〈不気味男爵〉ことモイギトモヤの尾行は思ったほど簡単ではなかった。

我らが四組のＨＲは内容の割に長く、机を後ろへやってから廊下へ出ると、三組では既に掃除が佳境を迎えていた。教室内にモイギの姿は見当たらない。彼の机の上にもモイギの名残を示すものが何もなく、「男爵は？」と手近の土岐沢《ときさわ》に問うても「知らない」と即答される。土岐沢のその目が終始スマートフォンに釘《くぎ》づけになっており、そりゃ知っているはずないよな、と思う。

「ところで土岐沢ってどうしてスマホ使えるの？　ここって電波――」

「教職員用の無線ＬＡＮにタダ乗りしているだけだよ」

土岐沢は伸ばした髪を揺らしながら、いかにも詰まらなそうにそう答える。

「え、マジで？」

「ノーガードだから。学校のセキュリティなんて」

そう言う土岐沢の手の内で、さっきから頻《しき》りに女の嘔吐《おうと》する声が漏れているのだが、幸いなことにその動画は俺の位置から視認できない。

彼の言うように、学校のインターネットセキュリティは笊《ざる》なのかもしれないが、スマートフォンを買ってもらって日が浅く、文字の入力もフリックで操作すらできない俺からすれば、土岐沢の技能は驚嘆に値すべきものであって、だからこそ、その能力を駆使してやっていることが専らグロ動画鑑賞だというのは残念至極だ。

「ところで君は、倫理のプレゼンをノーガードでやるつもりなのかい」と俺の横で堀尾《ほりお》が声を震わせた。大して上手く言えていない上、怒りのあまり不気味男爵の件が頭から抜け落ちてしまったようだ。

俺は早々に土岐沢に見切りをつけると、その隣でボンヤリと箒《ほうき》に寄りかかっている杉浦《すぎうら》に顔を向けた。こちらもこの様子では望みが薄い感じだが、一応「男爵、もう帰っちゃった？」と問うてみたら「モイギなら多分図書館」と意外な返答。

「図書館？　モイギが？」

思わず問い返す。

「アイツだって本くらい読むだろ。アイツのプレゼン、俺らの翌週だし。昨日だって図書館で調べ物をしていたぜ」

しかし教科書以外の書籍を紐解《ひもと》いているモイギというのは画として想像し難い上、それを目撃したということは杉浦も図書館にいたのか？　と俺は新鮮な驚きを覚えたが、もちろんそんなことは口に出さなかった。かく言う俺だって、入学式後に図書館ガイダンスを受けて以来一度たりとも足を踏み入れていないわけで、モイギを捜しに行けば高校三年生にして本日が二度目の入館ということになる。しかも入館の理由がモイギというのも妙な話だ。

そんなことを考えながら三組を出ようとしたら、土岐沢が「お前ら図書館では人として最低限のマナーを守るんだぞ」とスマホに顔を接近させながら注意してきた。

何を言っているんだコイツ、と思った。

……果たして、図書館にモイギの姿はなかった。

図書館は全体的に白っぽい空間で、そこに沈み込むような形で十数人の生徒が各々読書や勉学に励んでいる。

その中でも一際沈んだ様子の者がいて、見ればそれは竹田《たけだ》であった。倫理でモイギと同じ班になった、いわばあぶれ組だ。その彼が『類人猿にもわかる少年法』という、それこそ類人猿が読みそうな、一ページあたりの文字数が極端に少ない本を広げて何かを引き写している。後ろから覗《のぞ》き込むと、無印良品のノートに「更生の余地がないガキに憐《あわ》れみなど不要である！　理屈の通じない生き物を街に野放しにするな！」と几帳面な太字で記されており、思わず「おおう……」と嘆息したら突然「何だよ！」と図書館であげるにはやや大きすぎる声で振り返った。

「べっ、別に僕がどういう意見を持っていようが自由な筈《はず》だろ」

何か誤解しているようだったが、どういう誤解をしているのか正確に把握できている気がしなかった。

「竹田、モイギ知らない？」

竹田の反応をまるっと無視して堀尾が問いかける。

「そういう人がいるのは知っているよ。何せ同じ班なんだから」

「そういうことじゃなくてさ。——面倒臭いな君は」

穏やかな口調でそう言いながら堀尾は竹田の後頭部を拳で殴った。鈍い音が図書館中に響く。「今どこにいるの？　彼」

「知らないよ！　こっちだってアイツが全然何もやってくれなくて迷惑しているんだ！」

顔を赤らめ、頭を押さえながら竹田が喚《わめ》くと「うるせぇよ」と、向かいの席で新書を読んでいた地味な感じの眼鏡女子が竹田に目を剝《む》いた。

「類人猿が図書館に来んな。調べものならwikiでやれ」

その手に持っている本のタイトルが『多文化共生社会を生きるということ』で、この世も末だなと俺は思った。

こんなことをしていたせいで、緋摺木《ひするぎ》神社には先に結愛《ゆあ》が着いていた。

彼女はよほど手持ち無沙汰だったのか、境内にある涸《か》れ井戸の中を熱心に覗き込んでいた。彼女の長い髪の先が井戸の中に落ちて、見えなくなっていて、何だか『リング』の山《やま》村貞子《むらさだこ》が定位置に戻ろうとしているみたいだ。

例のごとく、夕焼けで空気が赤い。

「落ちるぞ」声をかけると、「落ちちゃったら、佑太朗《ゆうたろう》も追いかけてきてね」と井戸の縁に手をかけたまま笑った。

「一緒に落ちたらダメだろ。俺が引っ張り上げてやるよ」

「それじゃ、つまらない」

つまるつまらないの問題じゃないだろうと思うけれど、俺はそれ以上反論しなかった。代わりに「今日、モイギをつけようとしたんだ」と言ってみる。

「ジグソーパズル猫事件?」

「そう。だけどHRが終わってから奴のクラスに行ってみたら、すでにいなくなっててさ」

「…………」

結愛は細い顎に指を当てて何やら思案する素振りを見せ、ついで「それ、やめたほうがいいんじゃないの」と言った。

「何、俺のこと心配してんの?」

笑うと、ムッとした顔になって「心配しているよ、いつも。心配というより懸念と言ったほうが適切なくらいだよ」と長い髪を揺らす。

「お前が懸念なんてする必要ない。あんな奴に負けるわけないし」

「あのさ。佑太朗は詰まるところ、何がしたいの？」

「えっ」

「堀尾さんの動機は解るよ。杉浦さんの猫が殺されて怒っているんでしょう。だけど佑太朗は何なのかな？　そもそも佑太朗って猫だけじゃなく、小動物全般がキライじゃん。この間だって、神社にいる野良猫のこと『邪魔だ』とか『駆除しろ』とか言ってたじゃん」

「そうだけど」

「探偵ごっこがしたいの？　それとも単純にモイギ先輩を殴る口実が欲しいだけ？」

「そういうことじゃねえよ」

俺はぬかるんだ地面を爪先で蹴る。彼女を軽く睨《にら》むと、結愛は、今言った台詞を誤魔化すように目を細めて「にひひ」と笑った。生徒会長にして学校祭実行委員長、ミス緋摺木高校にして首席、という学校内に知らぬ者のない安酸《やすかた》結愛であるが、そんな彼女が「にひひ」と笑うことを知る者はいない。俺を「佑太朗」と呼ぶことも、みんな知らない。そして、同様に、彼女が実は不安定で脆《もろ》い人格だということを知っている人間も、俺以外は皆無だ。

俺のような、どこを取っても凡庸としか表現しようのない男がどうして結愛みたいな子に慕われているのか、不思議を通り越して不審に思っている奴も多いだろうが、その秘密は至って単純だ。

安酸結愛の周囲にいて、かつ「彼女を守ってやらなければ」などと考えている人間が俺しかいないということを、結愛が知っているからだ。

だから、俺は、よりにもよってこの神社で血生臭いことが起こるのは嫌だったし、結愛がそれに首を突っ込もうとするのは止めさせたかったたし、彼女のそのモチベーションが俺を気遣ってのことである、というのが我慢ならなかった。

「俺は単に、緋摺木《こ》神《こ》社でそういうことがあるのが嫌なんだ」

「…………」

「そういうの、お前なら解るだろ」

何だか勝手に口が尖《とが》ってしまう。

その頬に結愛が手を伸ばして「大丈夫だよ」と言った。「佑太朗が心配することはないよ。わたしが全部何とかするからさ」

俺はそれを聞いて肩を落とした。やっぱり結愛は、〈ジグソーパズル猫事件〉を一人で解決するつもりだ。そして彼女が「何とかする」と言ったら、どんな事件でも本当に解決してしまうのだろう。

一陣の風が境内の木々を揺らし、ついで彼女の黒い髪が横へ流れた。彼女の手が俺の頬に触れたまま、少し固くなる。中指が曲がって、俺の耳の穴に掛かった。

「ダメだろ」

俺は彼女の手に自分の手を添えた。「学校祭まで一週間しかないんだぞ。第一、お前みたいな奴がこんな不愉快なことに関わったらダメだ」

「あれれ、わたしのことを心配してくれるの？」

「心配しているよ、いつも。懸念と言ったほうが適切なくらいだ」

「じゃあさ、追いかけてきてよ。わたしが井戸の中に落ちたら」

お前は井戸に落ちたって、俺が助けるよりも先に勝手に上ってきてしまうだろう。俺が心配なのは、落ちる必要のない井戸にわざわざ落ちてみせるお前の心性だ。そう思ったけれど、俺はそう言わなかった。

辺りがすっかり暗くなってしまう前に、俺たちは結愛のアパート前で別れる。

錆《さ》び付いてペンキがめくれ、全体が瘡蓋《かさぶた》でできているみたいな鉄階段が、濃紺の空の下、彼女の背後で影絵のように浮かび上がっていた。

俺たちはいつもの儀式をする。

「大丈夫か？」

彼女の頭を優しく撫《な》でながら問いかけると「大丈夫だよー」とはにかむ。

「モイギの件はこっちに任せておけよ。いいな」

「はい」

敬礼する指先が、彼女の頭に触れていた俺の腕に突き刺さった。

翌日はモイギが学校を休んだ。

その翌日も、奴は学校に来なかった。

我々が引導を渡すまでもなく、すでに所謂《いわゆる》「動物の保護及び管理に関する条例」に違反した廉《かど》で補導されたのではないかという噂《うわさ》が、主に俺の周辺でまことしやかに囁《ささや》かれだした。

だがその後二日間も姿を見せずにいたら、モイギ補導説はモイギ死亡説へと変わり、学校祭のクラス企画の副責任者をしている堀尾は「あいつがマジで頓死していたら、我がクラスの『不気味男爵の館』は不謹慎ってことになるんじゃないかな」と、今さら何をと言いたくなるような心配を始めた。

四組にモイギが再登場したのは、顔を見なくなってから五日経《た》った昼休みのことだった。

不気味男爵が不気味なのは、いわば平常運転なのだが、この日の男爵はいつも以上に不気味だった。

フードを目深にかぶってほとんど顔が見えなくなっているモイギが教室へ一歩足を踏み

入れると、そこを中心に円が広がっていくみたいな感じで教室が凍っていった。

何日か続けて休むのも、フードで顔が見えないのも珍しいことではなかった。だが、その日のモイギはフードや制服の下に実体がないように見えたという。

何事だろうと動画再生中の土岐沢が顔を上げた、ということからも、教室内の緊張ぶりが窺《うかが》われる。

モイギは自らの身体を引きずるようにして席まで移動すると、そのまま机に突っ伏して動かなくなった。

モイギが左脇を通り過ぎていく刹那、土岐沢はフードの中にあるモイギの顔に、無数の生傷があるのを認めた。

平行に走る、細くて赤い線。

――猫の引っかき傷みたいだな。

素朴にそんな感想を抱いた土岐沢であったが、ほどなく己のその感想がどういう意味なのかに気付いて慄然とした。

ジグソーパズル猫事件……杉浦《すぎうら》家のジグムント……ここ一週間ほど、放課後になるたび四組まで出向いてきてモイギの所在を確認する大串《おおぐし》と堀尾……。

「大串っ」

昼休みになると、土岐沢が三組へやってきた、と思ったら俺を廊下まで引っ張り出して

「俺も混ぜろよな」と満面に笑みを浮かべる。

「何が」

「モイギなんだろ？　杉浦家のジグムントをアウフヘーベンしたの」

「……アウフヘーベンって何だよ」

「倫理の授業で習ったじゃん。何だっけ？」

「多分だけど、それって誤用だと思うぞ。第一、不謹慎だ。前から思ってたんだけど、お前ってアレなの？　不謹慎なことを言ってないと死ぬ病気かなんかに罹《かか》ってんの？」

「そんなことより、モイギだよ」

「モイギが何で猫を殺すんだよ。俺がアイツを犯人呼ばわりしてるのは、冗談だから」

「俺も、さっきまでは質の悪い冗談なのかと思っていたんだけど、何か確証を得たんだろ？　お前と堀尾は」

「――何で、そんな」

「来てるぜ今日、あいつ」

土岐沢がそう言った瞬間、俺は自分の身体が固くなるのを感じた。

「頬に傷があってさ、まるで猫に引っ掻《か》かれたみたいな」

「…………」

さっさとモイギがバカをやっている現場を押さえて、できることなら結愛よりも先にこの件を片付けてしまいたいと思っていた一方で、このまま何だかモイギが学校に来なくなって神社で小動物の類が殺されることもなくなり、アイツが犯人だったんだろうけど、結局有耶無耶《うやむや》になっちゃったよね、みたいな形で事件が俺たちの日常からフェイドアウトしていくことを、俺は心のどこかで願っていた。

　どうせ犯人は何のひねりもなくモイギなんだろうが、そのわかり切った事実が露骨に提示されることによって、全く別種の新たな災禍が発生してしまうのではないか。そんな漠然とした不安を俺は抱いていて、それは安酸結愛が事件に興味を示したことによって確たるものへと変化した。

　そして更に、今目の前で土岐沢が、不真面目を画に描いたような顔を乗っけた首を事件に突っ込もうとしている。

「お前、ここ最近不登校気味だった級友が無理して顔を見せたその日によくそんな失礼なことが言えるな。この野郎」と俺は友人を非難した。

「あれ、おかしいな。じゃあ大串は何でこの数日頻繁にモイギを捜していたんだ？」

　スマートフォンの画面に浮かぶ情報以外、何の関心も持たない人間なのかと思ったら、キチンとこちらを観察している。

　俺は何と誤魔化したらいいのかわからなくなって「うるせえな、別に誰を捜していようが勝手だろ。俺の基本的人権だろ」と乱暴に会話の流れを断ち切ろうとしたが、土岐沢は案外執拗《しつよう》で「ただでさえお前、モイギを虐《いじ》めているって専らの噂なんだから、あんま無反省に基本的人権とか主張しないほうがいいんじゃねえの」などとドサクサまぎれに聞き捨てならないことを言ってくる。

「――虐め？　俺が？」

「だって、いつもボロボロじゃん、不気味男爵」

「知らねえし、それやってるの俺じゃねえよ」

「知ってるよ。だから言ってんじゃん、噂って」

「誰だよ、そんな適当な――」

俺はそこで台詞を切った。怒りを土岐沢に吐露したところで、それが何になるのかとも思ったし、無責任な流言飛語という点では、俺だってモイギをジグソーパズル猫事件の犯人と決め付けて散々囃《はや》し立ててた近接過去がある。評価が下がる。被害者面して大きな声をあげていると、周囲の人間からの信用を失ってしまう。安酸結愛の彼氏というだけで世間からの採点が全体的に辛《から》めなのだから……とはいえ、してもいない虐めの首謀者扱いされた俺のうちには割り切れない思いが黒々と沈澱《ちんでん》した。そしてふと、昨日結愛から言われた「ただモイギ先輩を殴る口実が欲しいだけ？」を思い出し、もしかしたらこの噂は彼女の耳にまで届いているのではないか、という心配が俄《にわか》に首をもたげた。

「君ら、何やってんの」

背後から声を掛けられて振り返ると、堀尾が食堂のトレイを持って教室へ戻ろうとしているところだった。

「いや、あの、あれだよ。お前等のモイギ退治に俺も混ぜてもらおうと思ってさ」

どういうわけか土岐沢の口調には俺の時にはなかった遠慮が含まれていて、それも何だかムカついた。

「モイギ退治」と堀尾。そういう言い方一つ取ってみても、土岐沢の野次馬根性というか不真面目さがよく表れている。

だからコイツをこの件に関わらせるのは気乗りがしないし、もしかしたら「どうして」と神社で詰問してきた結愛も、俺に同じ種類の不真面目さみたいなものを感じ取っていたのかも知れないと思うと気が塞ぐ。

同じ懸念を堀尾も抱いたのだと思う。

「モイギ退治っていうのは、ちょっと違うと思うけど」と苦々しい顔をしながら首を振り、「ていうか、あの酷《ひど》いプレゼンから一週間も経ってないのに、よくもノコノコ顔を出せたものだね」と声に力を込めた。

「倫理については当方も忸怩《じくじ》たる思いを禁じ得ない。しかし、だからこその提案だよ！散々な迷惑をかけたお前等二人に危険な橋を渡らせることはできないっ」

頭の回転が速く、不誠実。

土岐沢は自身の持ち味を、芝居がかった身振りを交えながら発揮し、それをどんな風に聞いていたのか、堀尾が「……じゃあついてきてもらおうかな」などと言い出した。

「マジで?」

俺と土岐沢が同時に問い返す。

土岐沢のことは嫌いじゃないが、こういう場面に同行させるのは気がすすまなかった。

というのも、大雪の日に喜々として男性器の雪像を作って教員・生徒双方の顰蹙《ひんしゅく》を買ったのを皮切りに、

①校舎の外壁を伝って屋上まで登り、その様子をおさめた動画をネットにアップする。

②修学旅行へ出発する二年生を見送るため、空港のロビーにてフルコーラスで校歌を熱唱。一般客の顰蹙を買う。

③学生団体を立ち上げ、学内でパーティー券を販売。その金でライブハウスを貸し切り、客らに出会いの場を提供する。

などなど、彼のあらゆる行動には行き場のない自己顕示欲に衝《つ》き動かされているような危うさがある。

そういう土岐沢の危うさについては、堀尾もよく知っているはずだった。

以上を踏まえての「マジで?」だった。

「お前がどういう魂胆でいるのかはさておき、相手は小動物を己の悦楽のために解体する

ような馬鹿だからね。人数は多いに越したことがないような気がする」

言いながら堀尾はオレンジ色の食堂トレーに視線を落とした。そこに載った鶏唐揚＆ヒレカツカレー（大盛）から、脂ぎった臭いが廊下全体に広がっている。

「そうは言ったって、相手はモイギだぞ。三人がかりで現場を取り押さえたりしたら、イジメみたいな画になるんじゃないか？」

俺は自分で言いながら心が痛むのを感じだ。

世間では、他ならぬこの俺がモイギを虐めていることになっているのだ。

確かにここまでの高校生活で大した理由もなくモイギを殴ったことが二、三回あったような気がするけれど、それは日常的に振るわれている暴力とは性質が違う。

実際、彼が慢性的に負っている生傷について、それがどういう由来なのか、俺は知らない。

………。

俺は知らない。

同級生たちは、俺がやっていると思っている。ということは、みんなだってモイギがどうして怪我をしているのか把握していない。

では、いったいどうしてモイギはいつも怪我をしているんだ？

「相手はモイギじゃないかも知れないだろ」

この期に及んで、堀尾はまだそんなことを言っている。しかしモイギの怪我の原因がわからないという事実と堀尾のその発言とが、この時、何だか深く関係しているような気がして、俺は反論できなかった。

「何はともあれ、とにかくモイギをつけてみようぜ」と、土岐沢が言った。

生き生きと目を輝かせている土岐沢を観察していると、どうして彼の言動に「危うさ」を感じるのだろう、と考えずにいられなくなる。

思うに、彼の底知れぬ自己顕示欲は、彼の抱いているコンプレックスと密接に関わっているのではないだろうか。そして、そのコンプレックスは、端的に言えば「凡庸性」と表現できるだろう。いい意味でも悪い意味でも目立たない頭脳と運動神経。それが平均的な成人男性よりも小さな身体に備わっている。それゆえ、学校の女子たちからモテることも殊更気持ち悪がられることもなく、ともすれば存在を忘れられる。土岐沢が変態的な動画を教室内で鑑賞する時、束の間の注目が彼に集まる。その注目がポジティブなものであるとかネガティブなものであるとか、そんなことは関係なく、注目が集まるという一点のために、土岐沢は馬鹿を繰り返す。危ういのは、そうした放逸を繰り返す彼が、自身のその放逸を楽しんでいないからなのではないか。彼の悪フザケは、滑稽でも愉快でもなく、切実なのだ。悲壮なのだ。

俺は土岐沢のそうした振る舞いを軽蔑しているのではない。

ささやかな自己実現のために前夜祭を企画し、歯牙にもかけられなかった同級生として、もっと大袈裟《おおげさ》に言えば同時代を生きる無個性な個体として、俺は土岐沢のことを理解しているのだ。

放課後。

帰りのHRが終わると、それまで机に伏せっていてほとんど動くことのなかったモイギは、俄に活力を得たみたいに席を立ち、無造作に鞄《かばん》を持って教室を出ようとした。

その行方を遮るようにして土岐沢が「掃除」と言う。

「サボってんじゃねえよ」

だがその日は金曜日で、モイギの当番ではなかった。にもかかわらず、彼は口の中で大きめの飴《あめ》を転がすみたいに表情を動かすと、その場で回れ右して自席に鞄を戻し、掃除用具入れのロッカーまで歩いていった。本来の掃除当番である杉浦は、チリトリを手にしてボンヤリと立ち尽くすモイギを発見して怪訝《けげん》な顔をしたが、モイギが理不尽な目に遭っている光景というのはさほど珍しいものではないから、大して気にならなかったようだった。

さてその頃、俺たちは「尾行の鉄則は、歩道の対岸を斜め後方から」などと意味のない会話を弄しながら三組の教室前に待機していた。

廊下の窓から見える空は灰から黒へとその色を急速に変わり、間もなく雨になりそうな雰囲気で、顔見知りをストーキングするにはうってつけな天気なんじゃないかと思われた。

杉浦たちが「おざなり」としか形容できない掃除を終わらせると、かなりの早足で教室からモイギが出てきて、周囲の世界を振り払うような目つきで俺たちの前を横切っていった。その速度に我々は数秒顔を見合わせてしまったが、すぐにはっとなって後を追い始めた。尾行のコツも何もない、なりふり構わぬ追跡になる。一方、ターゲットの側もこちらを気にしている余裕はなさそうだ。

モイギのような社会性のない男がそんなに慌ててどこへ行こうというのか、俺には想像つきかねた。

「もしかしてだけどさ、これって尾行がバレているんじゃないかな」と堀尾。さすがは元陸上部というべきか、そこそこのスピードで走っているのに涼しい顔をしている。というか、むしろ俺のほうが日頃運動不足であるのが祟《たた》って息が上がり始めた。

幸い、モイギが急ぎ足で向かった先はそう遠くではなかった。

体育館の前で速度を緩めたモイギの後ろ姿を見てちょっと安心したけれど、今度はこちらの行為が筒抜けになりそうな人気《ひとけ》のなさである。俺たちは研究室棟の陰で足を止め、暗い玄関の奥へと消えていくモイギの背中を見送り、それから忍び足で体育館へ近づいた。

「学校祭に向けて会場の整備をしています。行事週間が終わるまで、体育館の使用はできません。（体育科）」というB５の貼り紙が掲示してあり、それで全然周囲に生徒のいない理由に合点がいったものの、そうなるとますますモイギが体育館へ馳《は》せ参じた意味がわからない。

玄関にはガラス扉、その向こうに三学年分の下駄箱が並んでいて、さらにその奥で体育科準備室の窓が光っている。

「何か、思っていたのと違う展開だね」と堀尾がニュートラルな顔で言った。

「うーん」

応じる俺は胸の中がざわざわしている。

たまたま後をつけたその日の内に猫殺しをするなどという都合のいい展開は期待していなかったが、体育館というのは陰湿な事件とあまりにもかけ離れた施設であるように思えた。

「どさくさの内に土岐沢を置いてきてしまったね」

堀尾は俺と全然違う心配をしている。

土岐沢なんて、どうだっていいじゃないか。そう思ったけれど口には出さず、ただ黙って苛々《いらいら》していた。苛々しながら、どうしてこんなに心にゆとりがないのかと内省してみると、やはり俺はまだ少し「ひょっとしたら本当はやはりモイギじゃないのかも」という疑いを持っていて、その疑いが不安と化して肚《はら》の中で肥大しているのだと知れた。

昼休みに土岐沢から聞いた「モイギの頬に平行して走る生傷」の情報に、俺はすがっている。

俺は、犯人がモイギでないことを恐れているのだ。

大粒の雨が、コンクリートの地面にあちこち丸い染みをつけていく。

体育館はモイギが入ったきり静まりかえっている。

「傘」と堀尾が顔を上げた。その視線の先にある空は、白い水面に墨汁をこぼしたような斑のある色彩で低く轟《とどろ》いている。「傘取ってくるついでに土岐沢を回収するから、君はここで見張っててくれ」

「土岐沢は不要。あいつ面倒臭いし」

「一緒に行くって約束だろ」

そう言う堀尾の目に、得体の知れぬ冷たい光を見出した俺は「仕様がねえな」と、ざらざらした校舎の外壁に寄りかかった。

すぐに戻るからと言って堀尾は北棟方向へ駆けていき、それを何となく見送った俺は再び体育館へ顔を向けなおす。

煙草を吸いたいな、と思った。

雨がさっきよりも一段激しくなる。

携帯は相変わらずの圏外で、今急に体育館からモイギが出てきて移動を始めたら、俺は堀尾や土岐沢に連絡する手立てがない。

早く堀尾に戻ってきて欲しいと思うが、それは雨に濡《ぬ》れるのがイヤなのでも、モイギを見失う心配があるからでもなく、雨がザ――ッと粗い目のヤスリを均一の速度でこすり続けるような音になってきたせいだ。

俺はこの音が苦手だ。

「佑太朗！」

雨音に紛れて、あの女の叫び声が聞こえてくるような気がする。

「佑太朗！　佑太朗！　佑太朗――っ！」

勿論《もちろん》、聞こえてくるような気がするだけなのだ。

夢をみているだけだと気が付いていて、それでも醒めない悪夢にうなされている時のような現実感で、声は名前を叫び続けている。

「佑太朗！　佑太朗！　お願いだから返事をして！」

「うるさい！」

俺は喚《わめ》き返す。

けれど、思うように声量が出ない。呻《うめ》くような口調になる。

研究室棟の、ちょうど先ほど堀尾が駆けていった方角。その遙《はる》か先には細い石段があって、入口の塔に「緋摺木神社」と朱文字が刻まれている。声はそこから名前を呼んでいる。

そんな気がした。

俺は校舎裏にひっそりと立つ街灯をしばらく睨んでいたが、再び「佑太朗！」と呼ばれた気がして俺はつい後ずさりした。

「………」

背中が研究室棟の陰から出て、右手に体育館の玄関が見える。

俺は、半ば無意識に体育館へ引き寄せられていき、入口のガラス戸を引っ張った。すると内側の空気が抜けるような物音がしてはっとなる。玄関へ身体を滑り込ませると、今度は細心の注意を払って扉を閉じた。ザ――ッという雨音は遠くなり、佑太朗と呼ぶ声もしなくなる。

頬を伝う雨水を手の甲で拭い、ゆっくりと深呼吸する。

館内は外よりも少し気温が低いように感じられた。下駄箱の前にはスノコが並べて敷いてあり、そこを踏まないようにしながら奥へと進む。

ロビーは暗く、準備室からの光が深海探査艇のサーチライトみたいに付近の景色だけを浮かび上がらせている。その窓はダンス部や演劇部の生徒に多目的室の鍵のやりとりをするために作られたもので、そこから直接、室内の教員たちが見えないように、正面にパーティションが立てられている。

というわけで、恐るおそる窓に顔を近付けたものの、視界に入ったのは、小さく口を開いたキーボックスと、パーティションに貼られた「各クラブの代表者へ：特別活動を申請する用紙は、顧問教員からのサインを忘れず、一週間前までに体育科へ提出！」「鍵の又貸し厳禁」という注意書きのみだった。

その奥に体育科の教員がいるような気配はなく、もしかしたらモイギはもうここにいないんじゃないか、という疑念が生じる。最初から俺たちの思惑を察知していて、だからここまで走ってきた。体育館に用などなく、早々に裏口からグラウンド側へ抜けてそのまま逃げ去る。

俺も堀尾も、一杯喰《く》わされたんじゃないか？

考えがそこまで及んだ時、ビシッという水っぽい破裂音と共に、人の転倒するような物音が体育科準備室から響いてきた。ただ事でないことはすぐに知れたが、具体的にどういうことが起きているのか見当が付かない。呼吸を整えて目を閉じると、嗚咽《おえつ》混じりの声が微《かす》かに聞こえてくる。あまり馴染《なじ》みのない声だったが、だからこそ、それが誰のものなのかわかった。

モイギトモヤだ。

「許して……ごめんなさい。ごめんなさい」

耳を澄ますと何とかそう聞き取れた。が、その懇願や謝罪に対する応答はない。代わりにまた何かを打ち付ける音がして、それと同時に蛙《かえる》を押しつぶしたような悲鳴——無理矢理表記するなら「ひぎっ」が一番近いだろうか——が短くあがった。

何だ？

何だこれは？

中腰になって体育科準備室から少しずつ離れた。窓口の明かりから遠ざかり、俺の身体は周囲の闇に溶けていく。このまま闇に紛れて、ここから逃げなければ――。

ガトッ。

息が止まる。

足がスノコに触れた音だ。

スニーカーに踵《かかと》を突っ込んだその拍子にぶつけたらしい。俺はキチンと靴を履けないまま、急いで下駄箱の陰に身を潜める。

それと同じタイミングで準備室のドアが開いた。

中肉中背の男が「誰だ」とか「そこに誰かいるのか？」とかいった台詞もなく、じっと準備室のドアから半身だけ出してこちらを向いている。逆光でシルエットしか見えないが、少し前屈《まえかが》みになって顔だけ突き出しているのがわかった。こちらが見えているのかどうかはハッキリしない。

「……………」

「……………」

なぜ、そこから全然動こうとしないんだ？　こちらが根負けして顔を見せるのをずっと待っているつもりなのか？

緊張のあまり、吐き気がこみ上げてくる。

結愛と一緒に緋摺木神社から帰る際、明かりのついた体育科準備室の窓を見て「こんな時間まで御苦労なことだな」と言った。あの時もこんなことが行われていたのだろうか。あの日もモイギは体育教員の誰かから暴力を受け、鬱屈した想《おも》いを抱えながらこの建物を後にしたのだろう。

上から落ちてきた理不尽に耐えるために、モイギは別の理不尽を下へと落とす他なかったんじゃないか？

俺の頭は危機的な状況の中、激しく回転していた。

神社でモイギを発見した俺たちは、彼を捕らえて馬乗りになり、激しく殴りつけるだろう。杉浦に事の次第を伝えれば、モイギは文字通り殺されるかも知れない。しかしそれをやっても猫たちの呪怨は晴らされない。諸悪の根元はここ、体育科準備室にあるのだから。

いや、本当に諸悪の根元はここにあるのか？　あの体育教員もモイギと同じで、上から落ちてきた理不尽への怒りを持て余しているだけなのでは——？

「！」

体育館のガラス扉の向こうに堀尾の姿が見えた。

明らかに俺のことを捜している。

タイミングが悪いにも程がある。

「どうして一つところにジッとしていられないのかね、アイツは」という土岐沢の愚痴が、思いのほか明瞭にここまで届く。

背中に一筋、汗の伝うのが感じられた。

「もしかしたら男爵が移動しちゃったのかもね」

堀尾は大きな背中を丸めて己のケータイを覗き、「うっわ、ここも圏外だよ。ここって現代の日本なの？」と言う。

「体育館に入っちゃえば、たまに電波が届くんだけどね。……何なら俺のスーパーマシンで呼び出してみようか？」

土岐沢が長い前髪を掻きあげて上着からスマホを取り上げた。

――マジか。

俺の身体が固くなる。

今、俺のケータイは圏外じゃないのか？　ちゃんとマナーモードにしておいたか？　そもそも電源を入れていたっけ？

依然、下駄箱越しに奴の息づかいが感じられる。

ここでケータイが鳴ったりしたら――。

がたん。

体育科準備室から、机か椅子のぶつかり合うような物音がして、俺の息が止まった。恐るおそる下駄箱の隅から音源の方向を窺うと、奴も俺同様に準備室の中へ上体を戻している。その顔がパーテーションのせいで見えなかったのは残念だったが、これは千載一遇のチャンスだった。俺は溺れる者のような動きでガラス扉の取っ手を摑《つか》むと、一目散に二人の友人に向かって駆けだした。

「あ、大串――」言いかける堀尾に「シッ」と人差し指を立ててみせる。

「逃げるぞ！」

状況がわかっているわけがなかったものの、堀尾も土岐沢も小さく首肯すると俺に従って北棟へ走ってくれた。

死角へ曲がる直前、俺はつい体育館を振り返った。

人気のない暗い玄関。その闇の奥に悪意のある目が二つあって、こちらを凝視している。そんな風に思われた。

「モイギ」

俺は思わず彼の名を口にした。

もしかしたら俺は、俺たちは、あいつに救ってもらったんじゃないか。俺を逃がすために、わざとあのタイミングで物音をたててくれたんじゃないか――？

モイギトモヤは灰色のフードの下で、微かに顎を上げる。「緋摺木神社」と記された石塔、そしてその奥に長く続く石段。彼は地面のぬかるみを気にする素振りも見せずに背負っていたリュックを下ろすと、そこから白いビニール袋を引っ張り出した。丁寧に畳んであったその袋を乱暴に広げると、再びリュックを肩に掛けて一つ大きな息を吐き、大股に石段を登っていく。

雨は完全にあがっていたけれど、上空の雲は相変わらず黒い。

「絶好の猫殺し日和だニャー！」と土岐沢が目を細めた。

「今日はさすがに来ないと思ったんだけどな」言いながら俺は時計を確認する。午後七時。

「モイギの姿が完全に見えなくなったら、後をつけよう」と堀尾。

「それはそうと、俺は田島《たじま》が怪しいと思うニャン」

土岐沢は相手にされず、ムキになって語尾を猫語っぽくしている。

「田島には闇が感じられないんだよなー。田島というなら、池尻《いけじり》や大森《おおもり》のほうがよほど危険に見えるけど」

堀尾がモイギの動きを目で追いながら応じる。

むろん、これは「誰がモイギを殴っていたのか」問題への考察である。体育科の教員で中肉中背の男、という時点で容疑者は田島、池尻、大森の三名に絞られるわけだが、堀尾と土岐沢の意見は割れていた。最初は「誰がやっているかなんて、後でモイギに聞けばいいだろ」と強い関心の湧かなかった俺であるが、「というか君じゃなかったんだね、モイギをイジメてたの」という堀尾の素朴な感想を聞いて気持ちが変わった。

いつの間にか、生徒の間で安っぽい虐めをする奴だとレッテルを貼られていた、その元凶が明らかになろうとしている。きっちり落とし前を付けないことには収まらない。

「どの教師が馬鹿をやっているのか知らニャイけど、モイギへのヴァイオレンスシーンをこっそり録画したらネットにアップして閲覧数を稼ぐニャー！」

土岐沢が、いかにも土岐沢の言いそうなことを言って神社へ歩き始める。すでにモイギの姿は石段の上方、林の木々の陰に消えた。

「ここからは慎重にいくよ。相手はモイギとはいえ、何をしでかすかわからないからね」

堀尾が保護者みたいな注意をして腰を屈め、石段まで駆ける。

石段の手前まで進むと、遙か前方をモイギが覚束ない足取りで歩いているのが目視できた。かなり体育教師から殴られていたようだったが、その日の内にこんなに激しい運動をして大丈夫なんだろうか。

「アイツの、猫への狼藉《ろうぜき》も動画に収めなきゃな」

登り始めてしばらくすると、土岐沢がそんなことを言ってその場に数回踵を落とした。石段の破片が一つ、音をたてて下段に落ちる。たぶん、元々脆《もろ》くなっていたのだろう。

堀尾が顔をしかめる。

「何やってんの、君。落ちるよ仏罰、フツーに」

「仏罰って、お前こそ何事だよ。ここ神社だからね」

そう言いながら土岐沢は欠けた石段の破片を脇の雑木林へ投げ込んだ。証拠隠滅のつもりなのだろうが、破片は木々の枝に複数回ぶつかりながら結構派手な音をたてた。

俺は「あのさ、ちょっと静かにしようぜ」と二人を振り返った。

「しっかし、大切にされてないよな、ここの御神体」と土岐沢。露骨な話題の転換だったが、俺はつい土岐沢の意見に「どこの神社も大抵こんな待遇されてんじゃねえの？」と反論してしまった。

「いや、そんなことないって。実際酷《ひど》いよ、ここは。挙げ句の果てには、学校祭で『ヒスルギ様と遊ぼう』だろ。僕がここの御神体だったら落とすね、仏罰」

堀尾が土岐沢に同調して、ふふ、と鼻を鳴らした。しかしそれは俺的には笑えない冗談だった。

「だけどさ、冗談抜きで禍々《まがまが》しい気配がするよな」と土岐沢が改まった顔になる。「『禍々しい』という言葉を知らない奴には、ここを案内したいくらいだ」

「一応、数年前まではお祭りしてたんだぜ、毎年。大切にされてたんじゃねえの？」

取り繕うように、俺はそんなことを言った。

「逆に言えば数年前からやってもらえなくなったんだろ、お祭り。ヒスルギ様って勝ち負けで言えば完全なる敗者だね。俺、ＡＯ入試で落とされた時、人間の価値とは何ぞやというテーマでちょっと考えてみたんだけどさ、って聞けよ！」

「聞いてるよ！」俺と堀尾が同時に言い返す。

「俺はさ、試みにこう定義してみたんだよ。『人間の価値とは、その者が演台に上がった時にどのくらいの聴衆が耳を傾けるかで決まる』」

「ほう。土岐沢にしては面白いじゃないか、続けたまえ」と堀尾。

「その話、ちゃんとヒスルギ様に戻ってくるんだろうな？」と俺。

土岐沢は髪を後ろでチョンマゲのように結いながら続ける。

「このテーゼに則って考えると、俺は圧倒的な敗者ってことになる。自分が舞台に立ったところで誰も話を聞いてくれないからな。けど、モイギが演台に上がったら、俺も含めて皆、アイツが何を言い出すのか見守ると思う。そういう観点でものを見ると、俺たちは敗者で、モイギは圧倒的な勝者ってことになるだろ」

「物事を勝ち負けで判断するような奴は馬鹿だし、第一、俺とお前を一緒にするな」

「一緒だよ。お前なんて、モイギをイジメてないっていうなら、安酸《やすかた》とつき合っているっていう以外に何の属性もないじゃないか。大串の話で興味を引くことといったら、どうやったらあんなパーフェクトな彼女をゲットできるか、くらいのもんだよ」

「…………」

「俺たちは、いてもいなくてもいい無価値な人間だ。モイギにも劣る。どの方面への才能もないことを認めた上で、それでも他人を振り向かせるためには、世間にとって害悪のある存在になるしかない。モイギみたいにな。誰だっけ、言ってただろ。『天下になくては成らぬ人になるか、有ってはならぬ人となれ、沈香《じんこう》もたけ屁《へ》もこけ。牛羊となって人の血や肉に化してしまうか、豺狼《さいろう》となって人間の血や肉をくらいつくすかどちらかとなれ』って。俺は、一度しかない人生を凡庸な個体の中で埋没させたいと思わない。……俺の考えていることっておかしいか？」

「おかしいというか、危険だ」だがその気持ちは俺にもよくわかる。

「圧倒的な勝者といえば、安酸結愛だってそうだよな」

「お前、今度は結愛とモイギを一緒にするつもりかよ」

「皆が耳を傾けるという点では一緒だろ。あとは小見山《こみやま》もそうだったな。お前、覚えてる？　小見山禅吾《ぜんご》」

忘れようはずがない。

小見山禅吾とは、俺たちの中学時代の友人で「全校生徒の顔と名前を記憶が一致している」とか「全校生徒の家族構成を把握している」とか、まことしやかに囁かれていた人物で、長期に亘《わた》りN高校の生徒会長も務めていた男だ。K高校でも「生徒会長の中の生徒会長」と呼ばれているらしいが、言い得て妙といえるだろう。K高校の小見山禅吾に対抗するため、緋摺木高校は安酸結愛を生徒会長にしたという面も、あるとかないとか。

「そういえば僕、昨日、駅前で小見山と会ったんだけどさ」

少し声の調子を落として、堀尾が小見山の話題を無駄に引っ張る。

「別に小見山の話なんて、今どうでもよくね？」と話の軌道を修正しようとしたら、「いいから聞けよ」と、堀尾にしては強い口調で文句を言ってくる。

「………」

「何か変なことを言うんだよ。怪談みたいな」

堀尾が小見山と駅前で再会した時、小見山は彼と同じ制服を着た女性と並んで歩いていた。それに気を遣った堀尾は「やあ、久し振り。またね」みたいなテンポでそのまま別れようとしたのだが、小見山は素早く堀尾のカバンを摑んで「最近どう、緋摺木高校」とざっくりした質問を投げかけてきた。

「どうって、普通だよ。仲間内で大学が決まった奴は、まだいないかな」

返答しながら、その返答が小見山を満足させていないことに堀尾は気付いた。

「ウチの高校のことならウチの生徒会長に聞けばいいじゃない。たまにやってるんでしょう、二校交流会」

二校交流会とは、近所にある私立高校同士友好を深めましょう。何なら一緒にイベントとかやって友達とか恋人とかできるといいですね的な目的を生徒会同士で確認し合う会議で、当校からは毎回代表として安酸結愛が出席している。

「安酸結愛」と小見山が口元に手をやった。

「君のことだからどうせ知っていただろうけど、一学年下にあれだけ非の打ちどころのない人物がいるとなれば、少しは張り合いがあるんじゃない？」

そんな軽口に反応せず、小見山は「彼女、変わったな」と言った。

その台詞にポジティブなニュアンスが感じられなかった堀尾はなぜかムキになって「大串と付き合ってるからじゃない？」と余計なことを言った。言いながらすでに「何か僕、下卑たことを言い出したな」と堀尾は自己嫌悪に陥っていたが、小見山が意外にも「大串……？」と大袈裟な反応をしたので、少し救われた気持ちになる。というか、こんなに動揺する小見山を見るのは初めてのことで、「隣にカノジョがいるのに大丈夫かよ、そんな反応をして」と、堀尾は他人事ながら心配になった。

「驚いただろう」何となく堀尾は胸をそらした。

「大串って、何年か前に死んだ、あの大串佑太朗のことか？」

「は？」

驚いたのは、堀尾のほうだった。

……という堀尾の回想話を聞いていた土岐沢の目が、怖いくらいに大きく見開かれた。

「ええっ。何、今の話。どういうことなのか見えてこないんだけど」と俺たちを交互に見比べる。

「それから、小見山はこんなことも言ってた。『あと、さっき堀尾は安酸のことを相変わらず明朗快活みたいに言っていたけど、これも僕の認識と違う。彼女は中学時代とは全然違った人間に見える。今の彼女は何というか、全然違う人格が必死になって安酸結愛という人物を演じている感じがするんだ』って」

そう言いながら、堀尾はこちらへまっすぐな視線を送ってきた。

そうか、と思う。

だから堀尾は、土岐沢も一緒にここへ連れてくることにこだわったのか。俺と二人きりでこの話に向かい合いたくなかったんだ。俺はため息をついた。きっと昨日からコイツは「ジグソーパズル猫事件」についてあらゆる可能性を考えていたんだろう。

こんなところで、しかも土岐沢なんかと一緒にいる時でなく、学校の教室とかで話してくれれば良かったのに。

「あのな。結愛は俺のことを――」

説明しようとしかけた、そのタイミングで、頭上から「うあああっ」という悲鳴のような掛け声のようなものが響いた。たぶん、モイギだ。弾かれたように顔を上げると、石段の上に鳥居のシルエットが見えた。神社まで、もうそれほど距離がない。

「安酸さんの話は、後で聞かせて」と堀尾。僕らを引っ張るようにして石段の脇の竹林へ身を隠す。

「静かに、かつ素早くここから登って行こう」

「やっベー。何か俺、怖くなってきちった」

まだ何も始まっていない内に軽薄な弱音を吐いて、土岐沢はスマートフォンの液晶を光らせる。山道入口での「アイツの、猫への狼藉も動画に収めなきゃな」発言はどうやら冗談ではなかったらしい。ぴぽん、と録画開始を知らせる音を鳴らし、彼はマイクへ口を近付ける。「えー、今、僕たちは連続猫殺しの行われた現場に程近い竹藪《たけやぶ》の中に潜伏しております」などと実況まで始める。逞《たくま》しい奴。俺は呆《あき》れるのを通り越して、ちょっとしたリスペクトを彼に感じた。

俺と堀尾は両手をついて、四つ脚で傾斜を上っていく。後から三つ脚の土岐沢がついてくる。てっぺんまでたどり着くと、俺たちは涸れ井戸の陰からすぐにモイギの姿を見出すことができた。フードから頭部を出し、荒い息遣いで周囲を見回している。目の前に井戸があるせいで、僕らのいる角度からはモイギの腰から下がどうなっているのか確認することができないが、口元や頬の打撃痕は夕闇の中でもしっかりと視認できた。

「そこまでだ！」

凛《りん》とした声が境内に響く。

それまで落ち着きのなかったモイギの動きが、呪文をかけられたように静止した。

　俺の横で二人の友人が身体を固くするのがわかる。かく言う俺も、身体中に力が入っていた。

「……誰？」モイギが声の主を探すべく、身体の向きを変えた。その右手に猫の後脚らしいものが握られている。死後硬直をしているのか、モイギの動きにもかかわらず、猫の脚は関節が固められたみたいに同じ形をキープしている。

「やはりモイギ先輩、あなただったんですね」

　すぐ間近で声がして、我々は一斉に首を縮めた。涸れ井戸の奥に小さな祠《ほこら》があるのだが、その脇の暗がりに安酸結愛が立っていた。我々との距離は五メートルもない。一体いつからそこに立っていたのだろうと思わずにはいられなかった。これまで、全然人の気配などなかったのに。

「母親、そして教員たち。本来なら自分を保護してくれるはずの人々から先輩は見放されてきた。それどころか、虐待まで受けていた。そういう己の境遇を、モイギ先輩は境内の猫たちに投影してきたんですね。けれど、この神社の猫たちは先輩と仲良くなってくれなかった。野良猫だからね」

「…………？」

　モイギは、目の前の少女が何をしゃべっているのか理解できていない顔をしていた。

「それで、かわいさ余って憎さが百倍になった先輩は、バラバラになった猫のパーツを持ち帰ることにしたというわけですね」

「なんで？」

モイギが、ようやく口をきいた。しかし「なんで？」が、何の理由を問うているのかわからない。

俺の横では堀尾と土岐沢が棒を呑《の》まされたような顔つきのまま固まっている。前触れなく始まった推理劇に、頭がついていけていないようだ。

「先輩は、死んだ猫たちからお気に入りの部位を選んで、理想の友だちを組み立てようとしていた。そうなんでしょう？」

「それって、どういうこと？」

首を振るモイギへ、結愛がまた一歩、距離を詰めた。日ごろ、あまり周囲に反応しないモイギが、激しく身体を揺らしている。まとわりつく恐怖を振り払おうとしているようだ。

長い黒髪を揺らして、彼女はモイギの腰に手を回した。顔をぐっと近付ける。

「わたしたちにとって大切なのは、連綿と続く平凡な日常が維持されることだと思うんです。だから、先輩みたいな異物は人知れず排除されるといいですね」

恋人の頭を撫でるような仕草で、結愛はモイギの腰に回していた手を彼の後頭部まで持ち上げた。付き合ってそこそこ経ったカップルがキスをする一秒前といった画だったが、次の瞬間、彼女はモイギのフードをがっと摑むと、そのまま等速でモイギの頭を腰の位置まで押し下げた。モイギも、されるがままになっているわけではない。背中を抓《つ》まれたカマキリのように暴れている。「許して！　ごめんなさい！　ごめんなさい！」という台詞が、厚手のパーカと前屈姿勢のせいで籠もって聞こえる。

　モイギの抵抗も、発する言葉も、まるで関係がないかのように、結愛は自分より身体の大きな男を引きずりながら迷いなく歩いていく。定規で線を引いたみたいに進んでいく彼女の足が、最短距離でどこに向かっているのか気が付いたモイギは、一層激しく己の身体を左右に振った。

「嫌だ——っ！　それだけは嫌だ——っ！」

　涸れ井戸。

　その丸い口の中に、結愛はモイギを放り込んだ。

　まるで、主婦がゴミ捨て場に大きなビニール袋を積むような仕草だった。

「ふう」結愛は腰に手を当てて胸をそらすと、「これにて一件落着」と独り言を言った。

「ひくっ」とシャックリみたいに喉を鳴らして、土岐沢が身体を縮める。

　さっきからスマホのカメラがずっと下を向いているが、きっと彼は気付いていない。これが普段から残虐映像ばかり観《み》て、「豺狼となって人間の血や肉をくらいつくす」などと言っていた人間の取るべき態度だろうか。

「い、今、井戸に」辛《かろ》うじて、といった様子でそう言い、堀尾が俺の腕を摑んだ。

「……ああ」俺は低く応える。

「ねえ、大串。佑太朗って誰のことなの？」

俺の身体から、力が抜けていく。さっきまで身体中を支配していた緊張が解けて、今はむしろ心身ともに弛緩《しかん》している。混乱していて思考がうまく働かないのは、俺だって一緒だった。今、目の前で起こったことを誰かに説明して欲しい。いや、説明なんかして欲しくない。きっと、聞きたくないことがパンドラの箱を開けたみたいに溢《あふ》れ出す。


生徒会長にして学校祭実行委員長、眉目秀麗にして成績優秀、という学校内に知らぬ者のない安酸結愛であるが、そんな彼女の内面に、うすめることができないほどの漆黒が潜んでいることを、みんなは知らない。

そして、二人きりの時、彼女が俺のことを「佑太朗」と呼んでいると知っている人間も皆無だった。

第五話　絶叫ファカルティ・ルーム

放送室のドアと床の隙間から、黒々とした液体が広がっていく。僕は廊下の向かいで尻餅をつき、片手で身延《みのぶ》さんを抱きかかえたまま、その光景をただじっと見つめていた。さっきまで自分のすぐ近くにいた同僚がたった今目の前で命を絶たれたというのに、何の感慨も湧いてこない。

卯木山《うきやま》さんの血液はドアの向こうから廊下のタイルを徐々に浸食しながら、僕らへ迫ってくる。まるで盲目の鬼が手探りで獲物を捜しているように。

「公太《こうた》さん公太さん」と僕の胸に顔を押しつけたまま身延さんは譫言《うわごと》のように繰り返す。繰り返すたび、身を捩《よじ》る。大丈夫かよと思うが、大丈夫じゃないのはこちらも同じだ。放送室には、一連の事件を引き起こした犯人がいる。常識的に考えれば、一刻も早くここから逃げるべきだ。なのに立ち上がれない。脚に力が入らない。脚に力を入れようという気持ちまで、麻痺《まひ》している。

耳を凝らすと、ドアの向こうからは依然「ごめんなさい」とか「許して」とかいう声が漏れている。多分それに気付いたのだろう、身延さんが夢から醒めた人のように身体の動きを止めて「保科君《ほしな》」と素早く僕から身を離した。

「助けて。ねえ、公太を助けてよ！」

髪を振り乱して懇願する、その顔が歪《ゆが》んでいる。

その間にも足元の血溜《ちだ》まりは面積を増しており、こちらは身延さんの剣幕に気圧《けお》されながらも「いや、もう無理ですよ」としか返事の仕様がない。

「もう無理って何が無理なの？　まだ助けられるかもしれないじゃない！」

「身延さん、後ろ」僕は声を低くした。「後ろ。見てください」

見ないほうがいいんじゃないか。一瞬そんな迷いを覚えた。けれど、この血溜りを見せずに納得してもらう自信が僕にはなかった。身延さんは立ち上がって僕と同じほうへ身体を向ける。少し前傾姿勢になった、と思ったらすぐに彼女の小さな背中が大きく縦に揺れる。「ふ」と短く息を吸う音がする。そこに被せるように、また「ごめんなさい」が流れる。

「ごめんなさいじゃない！」

身延さんがいきなり激昂《げきこう》し、大股で放送室へ近づく。白いスニーカーがぴちっと音をたてて卯木山さんの血液を踏んだ。

「許してください」と茂手木《もいぎ》。

「許してくれないのは、そっちじゃない！」

〈うふっ〉という笑い声。

「何が可笑《おか》しい！」

「身延さん」僕は彼女の腕を引いて「しっ」と、唇に指を当てて見せた。

「どうしてこんなことを……僕は……こんな酷《ひど》い」と僕は言い、〈どうしてこんなことを……僕は……こんな酷い〉と、それを追うように校内放送が流れる。

「どういうこと？」と身延さんが目に力を入れた。

「さっきからループしているんです。もっと早く気づけば良かった」

「え……、じゃあ……」と、こちらを振り返る身延さんの目が徐々に大きくなっていく。

「ここにいるのは、誰なの？」

「逃げましょう。僕たちは読み間違えたんです。校内暴力なんて、関係なかったんです。そんなことが問題だったんじゃない。僕らは、罠《わな》にハメられたんですよ！」

「……誰に？」

「わかりません。とにかく、まずは逃げましょう！」

　しかし身延さんは、呆《ほう》けたように胸の前で手を組んだまま放送室へ向き直った。僕には、彼女がそうする理由が解らない。直線距離で五メートルも離れていないところに殺人鬼がいるのに。こんなところにいちゃダメだ。足の裏を焼かれているような気分になる。

――早くしろよ！

喉元まで声が出掛かっていた。

――あと十数えて動く気配を見せないなら、この女はここに置いたまま独りで職員室へ戻ろう。

そう決断して一、二と頭の中で数え始めたところで〈助けて〉という茂手木の、崩れかかった声を僕らは聞いた。

「茂手木君」と身延さんの手が宙を泳ぐ。

「ちがう！　録音したデータを再生しているだけです」

「公太を返して」

「卯木山さんは、もう」

〈ここは暗いよ……僕はまだ、死にたくない〉

僕は放送室へ駆け寄る。足元で卯木山さんの血液が跳ねたが、お構いなしに壁を両手で叩《たた》く。

「うるさい！　お前が死んでいることは、もう、知っている！」

そして振り向きざまに身延さんの腕を強引に取ると「さ、戻りますよ！」と叫んだ。

だが、彼女は動かなかった。

依然として、ボンヤリと壁を見つめている。

いくら待ったって卯木山さんは出てこないし、これだけ出血していれば助かりもしないのに、どうして身延さんがここから動かないのかというと、それは卯木山さんのことを好きだからであり、そのことを知ってか「犯人」は卯木山さんを殺したところを我々に見せようとしなかった。しかし「犯人」は茂手木のような若者まで残忍なやり方で殺してしまうような奴なのだ。

めまぐるしく頭を働かせている内、思考はついに忘れようとしていた光景を掘り起こしてしまった。

卯木山さんが放送室へ引きずりこまれた刹那、僕が目撃したのは茂手木倶也《ともや》の顔だった。片方の目だけ薄く開き、笑みを浮かべているように見えた彼の顔は、笑みを浮かべているように見えた。

しかし、実際は口の両端から耳にかけて粗雑に切り裂かれていた。そうやって入口を広げられた口腔《こうこう》にスマートフォンが押し込められており、定かには見えなかったが、おそらく録音しておいた茂手木の声をそこから再生しているものと思われた。そうすることで、あたかも茂手木本人が喋《しゃべ》っているみたいにしよう、という演出なのだろうが、そういう工夫が犯人の異常性を一層際立たせている。

身延さんは僕の腕を振りほどいて一歩放送室へ近づき、僕は彼女へ目をを向けたまま後ずさった。

「僕は先に――」職員室へ戻ってますから。そう言う前にガンッという音が廊下中に響き渡った。

開きかけた放送室のドアから伸びる、青白い腕。

その手に、ギラギラ光る何かが握られている。

ナイフや包丁ではない。錆《さ》び付いた弧状の――刃物？

と見るや、いきなり平衡感覚を奪われたみたいに放送室の中にいる何かが、バランスを崩し、手にした刃で廊下のタイルを引っ掻いた。生理的な嫌悪感を催す高音が辺りに響き、それに魂を持って行かれたかのように、身延さんがその場へ崩れ落ちる。

「うわあああ」と僕は喚《わめ》いたが、その「うわあああ」が他人の発したもののように聞こえる。

僕は栓の抜けた蛇口のごとく悲鳴を喚き散らしながら身延さんへ駆け寄り、文字通りの無我夢中で彼女の身体を抱え、火事場の馬鹿力で廊下を駆け抜けようと試みたが、身延さんの身体は思いの外重かった。その上、床一面に卯木山さんの血液が広がっていたため、僕は足を滑らせて身延さんもろとも前のめりに転倒した。頬と眉間の辺りに卯木山さんの血が跳ねて、それが想像していたよりも冷たかった。それで「意外と冷たいな」と考えたら途端に吐き気に襲われて、僕は「ううう っ」と身体を丸めた。

――こんなことをしていたら、あの刃物で背中を刺される！

僕は彼女を抱いたまま、這《は》うようにしてその場から離れた。幸い、後方から誰かが追ってくる気配はない。身体のあちこちに付着した血液が空気に晒《さら》されて少しずつ固まり、誰かから緩く捕まれているみたいな感触になっていく。「僕を置いていかないでください」と言われている。そんな気がした。

三階の踊り場まで到達したところで、身延さんが「わたし」と喘《あえ》ぐような口調で言って僕から身体を離した。「もう一人で歩けるから」

「そうですか」

「……公太」

身延さんは洟《はな》を啜《すす》り、いつの間にかほどけていた髪を結い直した。

「死んじゃったんだよね」俯《うつむ》いたまま、早口で言う。こちらが返事できずにいると、上目遣いになって「死んじゃったんだよね」と繰り返す。

「残念ですけど、恐らくは……」

「茂手木君じゃないんだよね」

「茂手木じゃありません」

「うしろ」

「うしろ？」

僕は振り返った。

放送室のドアが、さっきよりしっかり開いていた。

再び、全身の毛穴が開いていく感じを僕は味わっていた。「逃げましょう」と絞り出すように言い、身延さんが頷《うなず》くのを見たけれど、言葉とは裏腹に、僕らはそこから目を離すことができなかった。

非常口と書かれた緑色の電灯の下、〈ON　AIR〉のライトが消えた放送室の扉から、今度は丸い頭が斜めにニュッと現れた。それは人間の動きというより、操り糸や差し金で動かされる人形のような挙動に見える。

ぐるんと身体ごと非常口へ向き、ぐるんとこちらへ身体の向きを変える。ピタリと動きが止まる。

丸くて大きな頭、重ね着した貫頭衣。

逆光のせいでシルエットしか確認できなかったが、それでもハッキリ、目が合った、とわかった。

「逃げよう！」と今度は身延さんが僕の腕を引っ張った。

そこからはもう、無我夢中だった。

「わたし止められなかったのよ羽越《はごし》さん自分で抜いちゃって錐《きり》を」

職員室に戻ったとたん、乙川《おとかわ》さんが自席に肘をついたまま句読点なしで語りかけてきた。

働かない頭で「羽越さん……？」と見ると、床の上で羽越さんが動かなくなっていた。大きく見開いた目が、天井の電灯を冷たく反射している。表情が、仁王像を思わせる憤怒のまま固まっている。

「何を思ったのかいきなり無言で引き抜いたりするからわたし止められなくて」乙川さんは無表情のまま淀《よど》みなくしゃべり続ける。

むせかえるような臭い。傷口を掻きむしった羽越さんの手が、そのままの状態で硬直しており、乾きかけた血の池に、刺さっていたはずの錐が転がっていた。……僕らはもう、慣れつつあった。身延さんは臆することなく羽越さんの遺体へ駆け寄ると、その瞼《まぶた》を閉じて、乾きかけた眼球を隠した。僕も「羽越さん」と呼びかけて彼の脇に座った。

そっと身延さんへ目をやる。

彼女もこちらを見ている。

視線が交錯すると、彼女は顎を乙川さんのほうへ振った。

僕は頷いてみせる。きっと、そうだ。羽越さんは自分で錐を引き抜いたんじゃない……。

その表情が、手の形が、そう物語っている。

錐が腹に刺さった直後、羽越さんは乙川さんに「この人殺しが！」と罵ったが、その言葉が彼女を本当の人殺しにしてしまったということなのか。

「事故よね？」

いきなり頭上で声がして、僕らは弾《はじ》かれたように顔を上げた。そこに、不自然なくらい口角を釣り上げた乙川さんが立っている。「羽越さんに錐が刺さったのは、わたしが卯木山さんに押されたからだよ。見てたよね、それ。二人とも。ちゃんとそう証言してくれるよね？」

「証言……」

思いもかけない単語を聞かされて、僕らは顔を見合わせた。この人は、すでに助かった後の心配をしている。だから、自分に不利な「証言」をしそうな人間を、あらかじめ排除した。……そういうことなのか？

「実際、事故だったんだから、そう証言しますよ。でも、それ以前に僕らは何としても生き残らないと」

僕は乙川さんの手に鉈《なた》が握られているのを見ながら、そう言った。

「わたしは生き残るわよ。絶対、職員室から出ないんだから。ここに朝までいれば大丈夫。ここから出るから殺されるのよ。……そういえば、さっきから気になっていたんだけど、卯木山さんはどうしたの？」

「くっ」と身延さんの喉が鳴る。

「死んだんでしょう？　殺されたんだよね？　ほらね、迂闊《うかつ》に外へ出るような奴はやっぱり馬鹿なのよ！」

あんまりな言い様だったが、身延さんは反応しなかった。

乙川さんの質の悪いところは、他人に喧嘩《けんか》を売ってやろうという意図でこうした言葉を発しているのではなく、ただ何となく自分の思ったことを表明しているにすぎないという点にある。良く言えば「素直で無邪気」なのだろうが、悪く言えば「無神経で、想像力が貧困」なのであり、だから、こちらが怒ったり反論しても意味がない。

僕は乙川さんの言葉を聞き流しながら羽越さんの席を確認する。まだ、錐やペンチが数本並べられていた。念のために一、二本確保しておこう。そう思って彼の席へ立ち寄ると、身延さんが「さっきのアレ、何だと思う」と問うてきた。「さっきのアレ」というのは、「さっきのアレ」としか表現しようのないアイツのことだとすぐにわかった。キグルミだったのだろうか。あの、どこかで見たような形状は……。

「あの、黒いテルテルボウズだよ。保科くんも見たでしょう」

そうだ、テルテルボウズ。

「テルテルボウズって、何？」と乙川さんが億劫《おっくう》そうに聞いてきた。

身延さんが手近なプリントを引き寄せて、さらさらと何かを描いていく。乙川さんと一緒になって覗《のぞ》き込むと、「学校祭期間中の教員見回り分担表」の脇に、さっき見た殺人鬼のシルエットができていた。「放送室の前で、コイツに襲われたんだよ」とボールペンの先端でつつく。

「テルテルボウズというより鬼灯《ほおずき》人形みたいね。これ、頭に何をかぶっているの？」

「わからないけど、けっこう重そうだったよ」

「そのテルテルボウズなんですけど」と僕は声を低くした。

「茂手木も殺したみたいです」

「そう」と口々に応える二人の女性は、容疑の晴れた茂手木には余り関心がないようで、茂手木の口が切り開かれていて中にスマートフォンが押し込まれていたことを説明しようとしたら「聞きたくない」と早々に遮られてしまった。

「一体、奴は何がしたいんでしょうね？」思い付いた疑問を口にする。

「頭のおかしい奴の行動原理なんて、頭のおかしい奴にしか解らないわよ」と乙川さんがまた乙川さんらしい反論をして、なぜかまた無理矢理に笑顔を作ろうとする。それを見ながら僕は、お前も他人のことをとやかく言えないだろう、と思った。

　校舎がまた、あちこちで小枝を折るような音をたてて小さく震え始めた。笑いをこらえる人のようにも、痛みに耐える人のようにも感じられる、そんな微震だった。

「こんな半端な揺れ方してないで、いっそ崩れちゃえばいいのに」

「でも、明日になったら全国ニュースのトップだよ」

　どういうわけか、身延さんはちょっと胸を張る。

そのニュースを紙面で確認できれば良いが、下手をすれば被害者の人数にカウントされられてしまう。

「話を元に戻すけどさ、あのテルテルボウズの中の人って誰かな」

「だから、そんなの」と言いかけた乙川さんを、身延さんが遮って、「どうせわかりっこないけどさ、ここで押し黙ったまま三人でいると、わたし、おかしくなっちゃいそうだから」言いながら鼻が赤くなる。

乙川さんは「学校関係者なのは確かでしょう。放送室の場所や機材の使い方を知ってて、茂手木までダシにするくらいなんだから」と怒ったように言って自席に戻って行った。

思っていたよりも羽越さんの死について僕らが騒がないので安心したのかもしれない。

「ただの関係者じゃないよね。教員の一部が茂手木の件で後ろめたい思いを抱えていたことを知っていたんだから。わたしや保科くんだって校内暴力については知らなかったのに……」

「そもそも教員の中で池尻《いけじり》さんと茂手木のことについて知っていた人間ってどのくらいいたのかしら」

乙川さんは教務の棚に手をかけ、教員個人別時間割表を手近な机に広げた。

専任教員、四十五名。非常勤教員、三十五名。

「非常勤の人たちはさすがに知らないですよね」と腕を組む僕に「体育科だと、どうかしらね」と応じながら乙川さんが疑いから外れる教員名を赤ペンで塗り潰している。

その様子を眺めながら、僕は全然違うことを考えていた。

あの黒いテルテルボウズは、茂手木の声を放送室で繰り返し再生していた。一体、奴はその音声をどうやって録音したのだろう？　いつ？　どこで？

……わからない。わからないけれど、茂手木の声は〈ここは暗いよ〉と言っていた。さっきは気にするだけの余裕がなかったが、彼が言う〈ここ〉って、どこだ？

「いくらなんでも、校長や教頭が校内暴力の件を知っていたら黙認しないよね」

「スーパーグローバルな話題にしか関心ない人たちだから、聞いていたとしても頭の中に残っていないいんじゃない？」と久々に乙川さんが笑った。

「教頭選挙は関係なさそう。校内暴力も無関係。実際こうなるとお手上げよね。この学校での問題って、何か他にあったかしら」

身延さんはまだこの大量殺人の背景に何らかの因果関係があると踏んでいるらしい。もしあるなら、あの黒いテルテルボウズのコスプレにも理由がなければおかしい。というか、そもそもあれって本当にテルテルボウズなのか？　あの頭はともかく、細身な身体の貫頭衣の色が違っているところなど、東北地方で信仰されるオシラサマのほうが似ている気がするのだが……。

いずれにせよ、あのテルテルボウズは、どこか暗いところに茂手木を閉じ込めていたはずだ。とすると、茂手木に暴力を振るっていた人間は池尻の他にもいたことになる。しかも我々はその者の顔を知っている。だから、奴はあんな面妖な格好をしているのだ。

「池尻さん以外で、茂手木に暴力を振るう奴」と僕は上を向いた。するとそれに反応して身延さんが「あの録音、茂手木をどこかに閉じ込めた人がいるんだよね」と腕を組む。

「大串《おおぐし》」と乙川さんが指を立てる。「あいつなら監禁とかやりかねない」

「え、大串って安酸結愛《やすかたゆあ》の彼氏ですか」

僕は彼の容貌を脳裏に再現する。癖毛の小柄な男で、安酸結愛と交際しているという以外に特筆すべき点のない生徒。そんな己の凡庸さにコンプレックスを覚えているのか、些細《ささい》なことで目立とうと躍起になるところがまた凡庸という負のスパイラルにはまり込んだ高校三年生だ。

「あいつはないでしょう」ハナで笑うと、乙川さんが「どうしてそう言いきれるの」と絡んできた。

「茂手木をどこかに閉じ込めるくらいのことはするかも知れませんけど、人を殺すみたいな大それたことはできないですよ。あいつ、小心者だし」

「大串が茂手木を閉じ込めて、それを取り巻きたちが録音した、っていうのはどうかしら」と乙川さん。

「で、そいつらが今、校内の人間を手当たり次第に殺しまくっているんですか？」

「無理があるか」乙川さんはあっさり引き下がると首を振って、また手元の表にある教員の名前を一つ塗りつぶした。覗いてみると、残っている教員は十余名。これだけの教員が、校内暴力を見て見ぬ振りしてやり過ごしていたのか。

「さすがに、体育科はほとんど残ったねー」

売れなかったケーキを吟味するような口調で、身延さん。

「とはいえ、池尻さんが茂手木に『指導』している現場を見た人は、体育科の中でも少ないみたいだけどね。彼が茂手木といる時、準備室の人たちはみんな気を遣って外出していたらしいから」

どういう気遣いだよ。本当に腐りきっているな。そう思ったものの、僕にはそんな風に言う資格がない。今日までそんな起こっていたことも知らず、それどころか、茂手木倶也を認知すらしていなかったのだから。

「……この表の中にいると思いますか、犯人」

「わたしは案外、非常勤の教員が怪しいと思ってる」

腕を組んだまま身延さんが小さく身体を震わせた。エアコンは粛々と職員室の空気を冷やし続けている。思えば、こういうところが茂手木っぽくなかったのだ。電話が繋《つな》がらないようにして、ネットも遮断。エアコンを起動させてテキパキと学校関係者を殺害していく。この段取りの良さと、伝え聞く茂手木のキャラクターとの乖離《かいり》。そしてこの外連味《けれんみ》溢《あふ》れる演出……。

「この学校に限った話じゃないけど、最近、非常勤講師の扱いって酷いじゃない。この間も理事会から『同一の講師を三年以上続けて採用するな』ってお達しがあったばかりだし」

「だからって専任を殺す？」と乙川さん。

「殺すよ」と身延さん。「散々搾取された挙げ句に使い捨てられたら我慢ならないでしょ。わたしなら、嘗《な》めた態度を取った教員と生徒を諸共に殺して死んでやろうって気分になるかも」

「ならないわよ。そんなことが殺人の動機になるっていうなら、今頃全国各地の職場で人がバラバラにされているはずだわ」

「テルテルボウズに扮《ふん》する理由もないですしね」

僕は笑ってみせた。笑いながら自然と僕の脳裏には、非常勤講師である影山《かげやま》先生の、切羽詰まった表情と声が甦《よみがえ》っていた。

「専任に！　専任にしていただけなくても結構ですから！　だからせめてあと一年！　働かせてくださいっ！　決して後悔はさせませんから！」

「すでに君を雇って後悔しているのだが」

廊下で土下座の姿勢になった影山先生を見下ろす教頭の顔には満面の笑みが湛《たた》えられて

いた。ちょうど一ヵ月くらい前の光景だ。

「こんな時期に切られたら、わたしはどうしたらいいんですか！」

「こんな時期って、まだ十月じゃん。年度末まであと半年あるよ」

「だってもう終わってますよ、私学適正」

「知らないよ、何で受けてないの？」

「専任になりたかったら夏休みも部活引率しろっておっしゃったのは先生じゃないですか……！」

「あれれ？　専任にしていただけなくても結構ですからって今、言ってなかった？」

「こんなんじゃ、話にならないですよ！」

まだ最終下校時刻になっていなかった。ファゴットやトロンボーンを抱えた女子の一群が応接室の前を横切り、痴話喧嘩みたいな会話を繰り広げている教頭と影山先生に向かって口々に「さようならー」と挨拶し、その内の何人かが弾《はじ》けるように笑った。

「影山君さ、……」そんな生徒たちの背中を見送りながら教頭が腰に手をやった。「君、自分が生徒たちに何て呼ばれているか知ってる？」

影山先生は、答える代わりにこちらへ首を回した。赤らんだ目がじっと僕の顔に据えられる。睨《にら》んでいない。助けを求めてもいない。何の感情も込められていない、ただの目。

確か実家が昔、養蚕農家をやっていたと言っていて、そういう彼自身の体型がイモムシのようだったから可笑《おか》しいと思った覚えがある。養蚕農家といえば、オシラサマとは蚕の神様ではなかったか？

同じことを連想したのか、身延さんが僕は轟《とどろき》さんの机の向かいにある影山君の席へ駆け寄った。教材や自転車保険のチラシなどが雑然と積み重ねてあり、頂上に群馬県公認のマスコットキャラクターが手垢《てあか》に汚れた顔で鎮座している。

身延さんは「ぐんまちゃん」ごと、それらを床へ払い落とした。その音に吸い寄せられるようにして乙川さんがやってくる。

「もしかしたら――」

彼女はあの日の影山君みたいに床に座り込んで、落っこちたノートやプリントを手早く重ねていく。

「コイツってことはないかな。今年で切られるんだよ、影山先生」

「え、でも影山って、茂手木の件を知らないでしょ」

乙川さんが足元のヌイグルミを窓に向かって蹴った。

「誰かが教えたかもしれないよ。この学校の教員って、みんな口が軽いし」

「教えるも何も、友達いないじゃん、影山って」

「確かに」と応じながらヌイグルミの動きを目で追いかけた僕は、窓の外に広がる光景を目の当たりにして言葉を失った。

「あ……」

指差したその方向を、身延さんも見ていた。

三年四組の教室に、明かりがついている。

「ヒスルギ様と遊ぼう」。そう書かれた段ボールがベランダに掛けてあって、教室の中央には鳥居が立っている。そのすぐ奥に祠《ほこら》――御神体の祀《まつ》ってあるごく小さな建物が拵《こしら》えてあり、教室の中にはそれ以外、何も、誰も見当たらない。

「企画書と違う」と、身延さん。

いや、今それ問題じゃないでしょう、と思ったが僕は何も言わなかった。が、黙って見ている内、身延さんの言う通り、どうして四組は企画書と全然違う準備をしているんだろう、と不審に思い始めた。

「ヒスルギ様と遊ぼう」は高校の学校祭にありがちな、教室内迷路企画だ。「暗い迷路を超えた先に、あなたは地域の守り神が人々へと注ぐ、豊かな慈愛を目撃する！」手元の栞《しおり》には、そんな軽薄なキャッチコピーが印刷されている。

それにしても、見事なヒスルギ様だった。

あの神社からそっくりそのまま持ってきたかのようなクオリティ。

そうだ、僕はここに就職したばかりの頃、何度かヒスルギ様を拝みに行ったことがあった。あの時――。あの時、記憶の底に沈めようと決意したはずの忌々しい記憶が、今、不吉な色彩を帯びて三年四組の教室に浮かび上がっている。

「何で電気がついているの……？」と乙川さん。

そう。今、問題にすべきはそこだ。

あの黒いテルテルボウズが放送室からあそこまで移動したのだろうか。

きっとそうだ。

では、一体何のために？

祠の扉が小さく揺れて、わずかな隙間ができた。中で何かが蠢《うごめ》いている。

僕は、僕らは息を呑んでことの推移を見守っていた。

「保科《ほしな》くん」と、身延さんの崩れた声が聞こえて、それを「ふうっ、ふうっ」と乱れる息が遮る。誰だようるさいな、と思ったら僕の声だ。

扉の隙間から白くて細い腕が出て、逆手にしめ縄を摑《つか》む。反対の腕が、手探りするように少しずつ床の方向へと伸びていく……と思ったら、バランスを失ったのか、一人の女子生徒が扉を押し開いて祠の中から転げ落ちた。

ずっとそこに入っていたのか？

人が中にいるにしては、あまりに狭い空間。誰かから隠れていたのだろうか？　それとも、誰かに閉じ込められていた？　長い髪を前へ垂らし、身体を揺するようにして我々のほう、すなわち窓際へと進んでくる。ばん、と打ち付ける音が職員室まで届いた。女子生徒が掌《て》をガラスに押し当てて、首を激しく二度振った。

「安酸」

思わず呟き、呟いた自分の言葉にギョッとする。

「安酸、結愛……？」と身延さんが僕のシャツの袖を掴む。

これは一体、どういう状況なのか。

元々大きかった目をますます見開いて、安酸結愛は我々のいる職員室にぐるりと視線を走らせる。誰かから逃れて三年四組まで追い詰められたのだろうか。

僕は窓へ駆け寄り「安酸――――！」と声を張った。安酸結愛。教員、生徒双方から投げかけられる無理難題を驚異的な事務能力で調整してきた生徒。完全無欠の、その名を呼ぶだけで安心感を得られる、我が校の誇る生徒会長。いつも笑顔の絶えぬその彼女が、表情を殺してこっちを見ている。さすがの彼女でも、この状況には対応できていないらしい。

「大丈夫か？　どうしてそこにいるんだ？　他にも誰かいるのか？」

こちらの言葉に反応したのだろう、安酸は相変わらず特別な感情を表さぬまま、僕のほうへ首ごと振り返り、そこで突然口元へ手をやった。

サイレンかと思うような悲鳴を彼女はあげ、一定の音量と音程を保ったまま僕を指差した。彼女のそのリアクションが全く理解できないまま、とにかく落ち着かせるにはどうしたらいいんだろうと身延さんに目で訴え、改めて安酸と向かい合おうとしたところで、

「お前だったのか」

いきなり後ろから肩を摑まれた。乙川さん。両目とも血走って焦点も微妙に合っていない。犯人がいつまでもわからない。そんな不安が、彼女の理性を破壊し始めていた。

「ちょっと、やめてください」僕は彼女を振りほどいた。よろけた乙川さんの手が近くの机に当たり、その衝撃で彼女の持っていた鉈の刀身から鞘が滑り落ちた。

「安酸！」僕は三年四組に向かって叫ぶ。安酸結愛は依然として叫び続けている。驚異的な肺活量だ。

「安酸、静かにしてくれ！　どうして僕のことを指さすんだ！」

「お前が犯人だからだろ！　この人殺し！」と、乙川さんが鉈を振りながら豊かな胸を揺らした。

人殺しとかアンタに言われたくないよ、という言葉を口元で押し殺す。

「乙川さん、落ち着いてください。僕じゃないですよ。僕なわけがないじゃないですか。ていうか、物理的に無理だと思いませんか？」

「うるさい！　物理なんて関係ない！　今すぐその手のペンチを床に置きなさい！」

「大体、僕が何のために同僚とか生徒を殺し回らなきゃならないんですか」

「ドラマでも小説でも、動機を問い返してくる奴が犯人だって相場が決まっているのよ！」

「これはドラマでも小説でもありませんよ」

「犯人は別にいたよ。わたし見たもん」

身延さんが援護をしてくれた。が、彼女の言葉を聞いた乙川さんは、我が意を得たりという風に唇を歪《ゆが》めた。

「そうでしょうよ。あんたらは最初からグルなんだから」

ダメだ。目が据わっている。この人は以前から沸点が低く、想定外の展開に一々対応できない種類の人間だ。幸いこれまで緋摺木《ひするぎ》高校ではほとんど生徒の生命にかかわる局面が生じていなかったので、なんとかやってこられたのだろうが、今はそんな彼女の手の中に鉈が握られている。

「身延さん、ずっと焦ってたもんね。なかなか結婚できないって。二十代の内に出産したいと思っていたのに、担任なんかやってたら三十過ぎちゃって、その上教師なんて碌《ろく》に出会いがないもんだから、慌てて手近な同僚に手を出したまでは良かったんだけど、肝心の卯木山は全然家庭を持とうとしない。そんな卯木山に業を煮やす内、いつしか怒りとか憎しみが殺意に取って代わられて、それで凶行に及んだんでしょう？　それとも……ねえ、本当に卯木山は死んでいるの？　死んだとか思わせておいて、彼もアンタたちの仲間なんじゃゃ」

「死んだよ！　わたしの！　目の前で！　よくそんな馬鹿げたことを思いつくね！　頭ん中、湧いてんじゃないの！」

身延さんの剣幕に気圧《けお》されて、乙川さんはわずかに落ち着く兆しを見せた。が、向かいの校舎からの悲鳴にも似た声が我々に安息を許さない。安酸が心配、というより、こんな状況下で大声をあげ続ける人間がいることに耐えきれず、僕は再び窓から顔を出して「今、助けに行くから！」と呼びかけた。が、こちらの顔を見てボリュームが一段上がる。どうして彼女が僕のことを恐れているのか、皆目わからない。

僕の前に割って入った身延さんが、「結愛、大丈夫。大丈夫だから」とゆっくりした口調で言い、両手で宙を押し下げるような仕草をしてみせた。効果があったのか、安酸は悲鳴を止めてぐったりと背中を丸めた。叫び続けて、息が切れたのだろうか。

「結愛」

僕を職員室の奥へ軽く押して、身延さんが窓から顔を出した。「あなた、いつからそこにいるの？　他に残っている子は、いるの？」

しかし安酸結愛は片方の手を胸にやり、小さく肩を上下に揺らすのみで、なかなか返事をしようとしない。

「ひょっとして過呼吸を起こしているんじゃ」

再び窓に寄ろうとしたら、安酸がぐいっと顔を上げ、改めて僕でも身延さんでもない一点――乙川さんの顔を見据えた。

「乙川先生！　今すぐそこから逃げてください！　そこにいたら二人に殺されます！」

滑舌のよい、低く通る声。

この瞬間、緋摺木高校史上稀《まれ》にみる知性と美貌を持った女子生徒の一言が、乙川さんの理性を完全に破壊する最後の一押しになったのだった。

彼女は強く背中を叩《たた》かれた人のような動きで僕らのほうへ身体を回すと、その遠心力を活かして手にした鉈を振りかぶった。そのまま無言で彼女は投球するような動きをし、四角い刀身が職員室の宙で弧を描く。まるでスローモーションだった。

僕は反射的に顔を覆うと、乙川さんの左前方へ倒れ込んだ。そのまま、夢中で奥へと這《は》っていく。

どこにも当たっていない。どこも切れていない。

素早く確認して中腰になると、身延さんが窓際で踊っていた。

彼女は光を失った瞳を足下に向けながら両手を広げて旋回し、倒れる直前の独楽《こま》みたいに身体を傾けた。

破裂した水道管みたいに鮮血をまき散らしながら。

傷口が向けられたのだろう、職員室の窓が一面朱に染まり、身延さんは電池が切れたみたいにその場へ崩れ落ちた。鼓動のせいなのだろう、いったん収まったハズの噴血が再び起き、その勢いに押されて彼女の上体が斜め後方へ倒れた。数秒後、さっきよりも勢いのない噴血があってまた上体が動き、それきり二度と彼女は動かなくなった。

後方では進路部の棚が横倒しになって、ガラスの割れるけたたましい物音が職員室中に響いていた。その棚を乗り越えて乙川さんがドアノブを引っ張っている。

「乙川さん、身延さんが！」

そんな泣き言を、よりによって乙川さんの背中へ投げかける、その理由が自分でも理解できぬまま、それでもこのまま黙って彼女を送り出すことはできず、僕は「乙川さんっ」とさらに名を呼んだ。

職員室のドアは閉まり、重たい足音が乙川さんにしては速やかに遠ざかっていく。

僕は身延さんの脇に座り込んで、無駄と知りながらも両肩を抱き起こそうとした。が、すぐに彼女の細い首があらぬ方向へ傾いたのに気が付いてギョッと手を離す。そして一度手を離してしまうと、もう恐ろしくて身延さんの亡骸《なきがら》に触れることはできなかった。

安酸。

どうしてあんな事実無根を乙川さんに言った？

力の入らない両足を、それでも何とか伸ばして立ち上がると、南棟の一階には依然として安酸が立っていた。

血塗れた職員室のガラス越しに、彼女が笑っているのが見える。恐怖を微塵《みじん》も感じさせぬ、無邪気で朗らかな笑顔。周囲を和ませ明るくしていた、あの、いつも通りの笑顔が、あまりにもいつも通りであるため、かえって恐ろしく見える。

安酸がやったんだ、とハッキリわかった。

全部、全部、あの女がやったんだ。

考えてみれば当たり前のことだった。

これだけの所業をキチンと計画通りに遂行してのける人間など、この学校内には彼女をおいて他にいなかったではないか。あそこで笑っている女は、緋摺木高校史上最高の生徒会長などではなく、今や日本犯罪史上屈指の連続殺人者だ。一介の教師である僕なんかとは格が違う。そんな彼女が、この僕の命を全力で奪いにくる。彼女の内で、僕はすでにたくさんいる犠牲者の一人に過ぎないだろう。そして、僕が死んでも未成年の彼女は法に守られる。彼女には更正のチャンスが与えられる。

更正……？


世の中では、何を考えているのかわからない化け物のような奴が真人間の顔をして闊歩《かっぽ》している。

宴会の席で、確か乙川さんが、そんなことを言っていた。

「五年に一人くらいの割合で、いくら話しても全然手応えのない奴がいるのよ。自分の席に座ってられないとか、著しく成績が悪いとか、ハシビロコウみたいに無気力だとか、そういう次元じゃないの。一見素直で社交的なんだけど、振る舞いの全てが型にはまった演技でしかないというか、何て表現したらいいのかしら？　精巧に作られたヒューマノイドが上から目線で人間様の真似事をしているみたいな——わたしの言っていること、伝わってる？」

その時は伝わっていなかった。

「ニュースなんか見てもたまに報道されるじゃない、うわー、コイツ、わたしたちとは別世界の倫理観を生きているなーとか、絶対更正なんかしないから二度と表に出すなよとか思わされるような奴。——ここで働いていれば毎年二百五十人くらいの高校生と出会うんだから、その内、いやでも出遭うわよ」

チャイムが鳴った。

随分久々に聞いた気がして時計を確認すると午前二時十分だった。

僕は職員室の一番奥、進路指導の棚がないほうの扉近くで膝を抱えていた。

寒い。

冷気を垂れ流し続けていたエアコンは、つい先程、いくつかのケーブルを切断することで止めた。最初からそうしておけば良かったものを、どうして一人になるまでこういう発想ができなかったのか不思議だった。もちろん、エアコンを壊したところで外気が冷たい以上、根本的な解決にならない。

誰かが椅子に掛けっぱなしにしているフリースのブランケットを拝借し、影山君の机の中から賞味期限切れの「柿の種」を発見した。山葵《わさび》味では身体は暖まらない。

僕はもっとマシなものはないかと、同僚の机を順番に漁《あさ》り始めた。使い捨てカイロを引き出しの中に蓄えている者の一人くらいはいるだろう。そう楽観的になったかと思うと、不意に、自分は今ここでこんな風に過ごしていてよいのだろうかと底知れぬ不安に襲われる。

相手は安酸結愛である。

幾人かの教員が職員室内で貝のように押し黙ったきりついに外へ出て行かない、という展開は当然想定内であろう。

安酸結愛は三年四組を出て行ったきり姿を見せない。きっと乙川さんを迎撃しに行ったのだろう。乙川さんは鉈を握ったまま出て行ったはずだったが、二人がはち合わせたらどうなるかは火を見るよりも明らかだ。

エアコンが止まり、物音一つしなくなった職員室では、僕の息づかいだけが空気を揺らしている。

両目が乾いていくのを感じながら、僕はすでに、自分も無事では済まないことを悟っている。仮に生きたまま朝を迎えても、僕はもう二度と昨日までの自分には戻れない。何年経っても、僕はふとした瞬間にこの空間へと引き戻されるだろう。進路指導の棚が倒れ、同僚たちの遺体が転がった、明るく冷たい夜の職員室に。そして僕は悲鳴をあげることもできぬまま現実に立ち返り、ここは本当に現実なのだろうかと疑いを抱く。現実だと思っている「今ここ」は、職員室に取り残されて正気を失ってしまった僕の作りだした幻なのではないか、と。

僕は立ち上がって再度窓の外の三年四組を見やる。

まだ安酸は帰ってこない。なぜか、安酸はあの教室へ戻ってくるはずだと思っている。

僕は職員室内を巡回する。起きていることの恐ろしさに居ても立っても居られない、というのもあるが、職員室内の寒さに我慢がならなかった。何か役に立つものはないものかと、さっきも見たはずの「落し物収納コンテナ」を開く。体育館履き、数学Ⅱの教科書、ＡＣアダプタ、二十六穴バインダー。当然のことながら、数分前に見た時と同じ内容だった。

僕は顔を上げ、今度はガラス戸棚を覗いてみる。さっきは真剣に中をチェックしなかった。ここにはスマートフォンや財布、電子辞書といった比較的高価なものが保管されているため、防寒に役立つものなどあるはずがなかったからだ。

ガラス戸の内を下から調べていって、ついに一番上へ目をやると、そこには張り紙があって「中に自分の遺失物がある場合は、田島《たじま》（保健体育科）まで申し出ること」と記されており、その脇に装着型のビデオカメラが三つも並べてあった。それだけでも奇妙だったが、それぞれ少しずつ別のほうを向いており、職員室全体を見渡せるように配置してある。

まさか……。

考えるより先に身体が動いた。丸椅子でガラス扉を破り、カメラを取り上げる。「まさか」も何もない。こんなところにカメラが並べてある時点でそうに決まっている。

僕はレンズと向かい合い、「安酸っ」と唾を飛ばした。

「殺さないでくれ！　た、頼む」

床に両手をつく。自然と涙が溢《あふ》れた。こんな嘆願が聞き容《い》れられるくらいなら、最初からこんな事件など起こしたりするものか。こんな時にそんな冷静な意見が頭の片隅に生じたものの、他にできることは何もない。

「お願いだから……許してくれ」

何を許してもらおうとしているのか、自分でもよくわからない。彼女との接点は学校祭絡みしかなく、確かに自分の手際の悪さから随分余計な負担を安酸に強いた。だから安酸の姿を見るたびに、後ろめたさというか申し訳のなさを感じていた。「謝れ」と言われれば、甘んじて謝ろう。だが、命乞いをせねばならぬほどのことはなかったはずだ。

……やっぱり、こちらの理解しがたい動機——たとえば「面白半分」とかでここまでのことをやったのだ。それは、有効活用されているようには思えぬ三つのカメラを見ても明らかだ。蟻地獄《ありじごく》にわざわざ蟻を落とす子どもと同じで、我々が混乱して罵り合い命を失っていく、その様子をカメラ越しに眺めて喜んでいる。それはどのつまり単なる悪意なのであり……純然たる娯楽目的でこちらへ害をなす者に、どんな言葉を投げかければ改心してもらえるというのだろう。

「どうしても、ダメなのか？」

これはカメラにではなく、自分に向けた問いだった。

ピンポンパンポン。

「！」

僕は目元を拭い、レンズに顔を近付ける。

「安酸。僕は死にたくない」放送は始まらなかったが、壁のスピーカー越しに誰かの気配を感じる。「仕事なんかで死ぬのは本当に嫌なんだ……！」

父は「教師なんてやめておけ」と言った。

——世間不知が安い賃金で教壇に立って取り柄のない若者を見渡し、そいつらとの関係から自分勝手な『理想の教育』を拵えようとしても、結局摑み取るのは燕《つばめ》の糞《ふん》みたいなもので、正に甲斐《かい》がない。文部科学省もマスコミも、教師などと宣う人種など知識人気取りの負け犬だと思っているし、だから生徒たちもお前たちを軽蔑している。何しろ実際、敬うべき点がどこにも見当たらないんだからな。これから少子化がより深刻になることは、いくら世間知らずのお前でもさすがに知っているだろう。だから——。

「教師になんて、なるんじゃなかった……」

――最近は、親も子供もわけのわからない人間が多いらしいじゃない。

そう言ったのは母だった。

――モンスターペアレントなんて嫌な言葉だけど、実際理屈の通じない人間が巷《ちまた》でどんどん増えているみたいだからねえ。気を付けなさいよ。

それから嘆息して「教師ねえ」と首を振った。

「母さん……」

「ここから出して」

一瞬、男の声かと思った。

僕はスピーカーに向き直る。

「お願い、ここから出して」

けれど、それは明らかに安酸の声だった。

「安酸、お前、何を言っているんだ……?」

「ここは暗いよ……お願いだから、ここから出して」

「……!」

思わず後ずさる。

肘が机に当たり、ビデオカメラが床に落ちた。

無意識の内に窓の外の三年四組を見下ろす。

緋摺木神社の祠。

その中に閉じ込められていた少女。

三年前。

あの夕刻、僕は炬燵《こたつ》の中で丸くなって緋摺木高等学校教職員俸給表を眺めていた。指でなぞりながら三十歳、四十歳……定年の時、と基本給を追っていく。ちょうど、組合が理事会との間で秋闘を繰り広げている時期だった。「団塊の世代へ続々と退職金を支払わねばならず、世間では少子化が進行中という状況下でありますから、給料を下げる要因こそあれ、昇給に応じる理由は見当たらないというのが回答であります」と理事がだらしなく太った身体を揺すりながら笑った。

それを回想しながら、僕は自分の生涯賃金を計算していた。低くはないが、高いとは断じて言えぬ額。それが僕の経済的な価値だった。

窓の外では、僕よりもかなり市場価値の低そうな地元の若者たちが祭りに使用する太鼓のチェックをしていた。普段は一顧だにしない緋摺木神社の御神体を祀ろうというのである。

何曜日が定休なのかわからない。そんな店の立ち並ぶ近所の商店街に「絆祭《きずなまつり》」と書かれた幟《のぼり》がいくつも立てられ、僕はその「絆祭」というネーミングに気持ちの悪さと好奇心を覚えた。しかも、考えてみれば緋摺木高校に赴任してもう半年以上経つのに、僕はまだ一度もヒスルギ様をお参りしていないではないか。

こうした動機というか思い付きで登り始めた神社の石段は、思っていたよりもずっと長くて勾配がきつかった。それでも息を切らして一番上まで到達すると、僕はたまらず煙草に火をつけた。驚くべきことに、境内には人影がない。ここの氏神は、己が主役の祭りでも基本的に無視されているのだろうか。

僕は拝殿の正面に立って鐘を鳴らしかけ、何となくやめた。ポケットから一円玉を取り出して賽銭箱《さいせんばこ》へ放る。引き返そう。そう思って右を向いたら、奥の林近くに祠があって、その手前には涸《か》れ井戸が見えた。

井戸の噂《うわさ》は、同僚から何かの機会に聞かされていた。詳しい理屈はよくわからないが、この井戸があるおかげで緋摺木高校は水はけの悪いこの土地に校舎を建てることができたらしい。僕はその井戸に吸いかけの煙草を放った。煙草は井戸の縁に当たって火花を散らし、そのまま暗い穴へ落ちてなくなる。

祠は、いっそう見る価値がなかった。背後の雑木林は夕闇に溶け込んで暗く、社は全体的に歪《ゆが》んでいる。正面には観音扉があって、それを閉ざす南京錠だけが妙に新しい。

僕はため息をついた。

つまらぬ町を守る、つまらぬ氏神。それがどんな姿をしているのか社を暴いて見てやろうとも思ったのだが、扉を蹴破るほどのモチベーションはない。アパートに戻って現代文の教材でも見直そう。そう決めてまた新しい煙草をくわえた。ところが、手で風を防ぎながらライターを擦《す》ったのにどういうわけか火がつかず、すぐにフリントを何度も回し直す。つかない。火力を確認してライターを振り、また擦ってみる。ちっと舌打ちする。

その時、祠からゴトッと物音がした。

「………」

息が止まっていることに、自分で気付かなかった。

再びゴソッと何かが動き、その何かが間違いなく生き物だと知れる。最初は猫だと思った。緋摺木神社は人気《ひとけ》こそなかったものの、境内に猫はたくさんいたからだ。無残に毛が抜けていたり両目がつぶれていたりと、どの猫も病んでいるようだったから、その内の一匹が何かの拍子に祠の中に入り込んだとしてもおかしくはないだろう。どこから入ったのか見当がつかないが。

そんな風に思考を巡らせていたら「誰かいるの」と声を掛けられて、僕は「ひっ」と息を呑《の》んだ。振り返っても誰もおらず、にもかかわらず「ねえ、ここから出して」という声は至近から聞こえる。

社の中に……！

僕はまだ大して吸っていない煙草を地面に落として観音扉へ顔を近付けた。

「お願い、ここから出して」それは少女の声だった。

「いつから……」

「暗くてよくわからないけど、四日くらい前」

戦慄した。

「四日？　誰がそんな」

「父です」

「…………」

「それより、お願いします。早く出してください」声が僕を急《せ》かした。

「そんな扉、君の力でも簡単に壊せるだろ」

僕は素直に疑問を口にした。「何でそんなところで四日間もじっとしているんだよ」

「だって、皆が大事にしているお社だし」

それを聞いて、ムカついた。どうしてムカつくのか自分でもよくわからなかったが、

「そんな馬鹿なことを言うなら一生そこで過ごせよ」と思った。そう言った。

「どうしてそんなことを言うんですか」反駁《はんばく》する声が掠《かす》れる。

「そんなことを言ったら、僕だって皆の大事なお社を傷つけたくないよ」

「……鍵だけ壊すことって、できませんか？」

「仕様がないな。何か道具を取ってくるから、ちょっと待ってな」

「……ありがとう……」

世の中には、様々な親がいる。それは高校教師になってすぐに実感したことだが、娘を神社の社へ閉じ込めて四日も放置するような人間は想像を絶する。これは虐待というより殺人未遂と呼ぶべきもので、実際、今の時点で生きていること自体が奇跡みたいなものだ。

僕は義憤と恐怖を交互に覚えながら石段に足をかけた。本当なら「道具を取ってくる」なんて言ってないで一刻も早く社を壊すべきだったのに、頭が正常に働かなかった。

視線。

振り返ると、祠の社のさらに奥——さっきまであまり意識していなかった場所に、人影のようなものが立っていて、それが微《かす》かに揺れながらこちらを凝視している……気がした。

距離から考えて、随分体格が大きい。

彼女との会話を踏まえると、そこにいるのは彼女を社に詰め込んだ父親であるとしか思えなかった。

人影が、ゆっくりと社に近付いていく。その気配を感じ取ったのか、彼女が社の中から懇願するような声をあげる。

転がり落ちるように苔《こけ》むした石段を駆け下りると、僕は下宿の炬燵に潜り込み、窓から見える「絆祭」の幟に目を眇《すが》めた。目に映る全てのものが揺らいで見えた。悪夢のようだ、と思いながら微睡《まどろ》み、目を覚ますと外がすっかり暗くなっていた。頭が割れそうに痛い。

あれは実際、現実ではなく、ただの悪夢だったんじゃないか。そんな風に無理矢理思い込もうとした。無理だった。僕は結局、その日の内に緋摺木神社へ戻らなかった。

あの人影がこっちを見ていたような気がして、警察に電話することもできなかった。

それでも、翌日の昼前になってようやく僕はヒスルギ様へ出掛けた。

祠の中に声をかけると、少女は返事をしなかった。昨日よりもかなり深刻な状況になっているのは、雰囲気でわかる。耳を澄ますと微かに獣が唸《うな》るような声が耳まで届く。まだ何とか生きているらしい。

「大丈夫か？」

愚問を投げかけながら「今日はあの人影はいないのだろうか」と境内に首を巡らす。

その瞬間。ゴン、と社の内側で何かを打ち付ける音がして、それきり唸り声がぱたりと止んだ。これまでの無言とは違う、完全な沈黙。

――死んだ。

遠くから地響きが聞こえてくるようだ、と思ったら僕は祠の前で両膝をついたまま全身を震わせていた。心の奥底から、汲《く》んでも汲んでも恐怖が湧き上がってくるようだった。

石段を下りていく途中、息を切らしながら駆け上がっていく少年とすれ違った。地味で冴《さ》えない感じの子供だ。そんな必死になってこの神社を参拝する目的なんて、たぶん一つしかない。あの少女だ。残念だったな、少年。あと一歩早ければ、まだ望みがあったかもしれないのに。僕はそう心の内で呟くと、新しいタバコを取り出した。

指が震えて、火などつけられなかった。


「安酸……！」

僕は全身ががくがくと震えるのを止めることができない。

生きていたのか。あの少年は間に合ったのか。あの少女が救出されたとしたら、どういう高校生に成長しただろうか？　僕があの時の男だと気が付いたとしたら、この日のために明晰《めいせき》な頭脳と卓越した身体能力を備えたのだとしたら……？

——殺すしかない。

「殺、すしか、ない」

そう、声を出した。

「殺さないと殺されるなら、殺さなきゃ」

あらためて窓から三年四組を見下ろす。

そこには、返り血を浴びた美少女が立っている。

真っ赤な顔の中で、丸い目玉と口角を上げた口だけが白々と光っていた。

第六話　伸二朗《しんじろう》と、何か

再び、雨が激しく降り出した。

俺たちはしばらく互いに黙ったまま雑木林の中で立ち尽くしていた。顔や手に雨水が伝う、その感触だけを味わっているような時間だった。それでも徐々に大粒の雨水が地面を叩《たた》く轟音《ごうおん》が耳に入るようになり、次いで鳥居の下に散らばった黒い毛玉から流れてくる血の赤が目に入るようになってきた。

結愛《ゆあ》が立ち去って何分くらいが経過しただろう？

「こんなの嘘《うそ》だ」と堀尾《ほりお》が視点を泳がせた。

「意味がわからねえ」と、同調するように土岐沢《ときさわ》がスマホ画面へ目を落とした。

「こんなんじゃ、配信できねえよ」

むしろ、こいつはモイギの犯行だったら配信する気でいたのか。

「配信するなよ！」

いきなり叫んで堀尾が土岐沢の胸倉を掴《つか》んだ。

「いや、だから、できないって言ってるだろ！　人の話を聞けよ！」

雨が更に一段勢いを強めた。

思わず空を振り仰ぐと、いつの間にか一帯が黒々とした雲に覆われている。

「どうしてこんなことになっているんだよ……」

堀尾が土岐沢の襟から手を落とし、そのままその場に崩れ落ちる。頬を伝うたくさんの雨水に紛れて泣いているようだった。

俺は考えていた。

さっきから一言も口をきかずに考えていた。

――こいつらに何をどう説明したらいいんだろう？

「大串《おおぐし》っ」

名前を呼ばれて視線を向けると、堀尾が身体を震わせながら赤い目でこちらを睨《にら》んでいる。

「安酸《やすかた》は、安酸は一体――」

しかし、ここでゴフッと咽《む》せるような物音がして、三人同時に振り返ると、井戸から泥水が小さく吹き上がっていた。

――何だ、井戸か。

痺《しび》れた思考で、そんな風に緩く納得しかけた。しかし、再度ゴフッと聞こえたところで、

「モイギが！」と思い当たった。俺たちは顔を見合わせると雑木林を飛び出して、各々モイギの名前を呼びながら井戸まで駆け寄った。

井戸を覗《のぞ》き込む。

泥というには余りにも黒いペーストが、手の届く辺りまで迫《せ》り上がっていた。

この井戸は「涸《か》れている」とは言っても、今日みたいに激しい雨が降ると、地下深くの水を吐き出すことがある。どこかで理屈を聞いたことがあるけれど、その仕組みはもう忘れてしまったし、今はそんなことを考えている場合でもない。

目に入ってくる雨水で視界を邪魔されながら、俺は涸れ井戸の中央でうつ伏せに浮いているモイギの背中を見出した。

「モイギ！」

叫びながら手を伸ばすと、井戸から泥水がごぶうと音をたてて溢《あふ》れ出した。モイギの胴に腕を回して井戸の縁へ足をかける。泥水というには黒すぎる、と思った。粘度が高いのか、モイギの身体をなかなか離そうとしない。俺は身体を横に広げて力を込める。堀尾たちも髪を振り乱してモイギの身体を引っ張り出そうとしているのが見える。口の端から「く」と声が漏れた。

また、ごぶうと泥の水面が持ち上がる。

「この律動は何だ？」そんな、今考えなくてもいい疑問が湧いてくる。

せーの、と呼吸を揃《そろ》えて力を込めると、井戸の縁にモイギの尻がのった。と思ったら、そのまま四人とも、くっ付き合ったダンゴムシみたいな状態で外に倒れる。モイギが石畳に激しく後頭部を打ち付けたが、そのショックのおかげか、彼はすぐに身体を反転させ「うげえええ」と黒い吐瀉物《としゃぶつ》をその場にぶちまけた。で、またそのまま動かなくなる。

俺はモイギの制服の肩を揺すり、もう一度彼の名を呼んだ。反応はないものの、死んではいないようだ。

「救急車」と顔を上げる。堀尾と目が合う。微《かす》かに首を横に振っている。

「駄目だよ。そんなことをしたら、安酸が……」

――そんなことを言っている場合なのか？

しかし俺は反論しかけた口を、そのまま閉じた。

土岐沢は、立ち上がろうとしない俺と嗚咽《おえつ》している堀尾へ交互に視線をやっていたが、特に意見を言おうとはしなかった。

幸い、それから程なくして、尻餅をついている俺の足許《あしもと》でモイギが激しく痙攣《けいれん》めいた動きをした、と思いきや、身体を丸めてゴフッゴフッゴフッと咳《せ》き込みだす。先刻の嘔吐《おうと》よりも声に張りがあり、ただちに命に別条がありそうな感じがしない。俺はいったん立ち上がって顔を拭い、「モイギ、しっかりしろ」と彼の頬を数度叩いた。うう、と眉間に皺《しわ》が寄る。

「今日は井戸が割と安全そうだったから、だから軽い気持ちで落としちゃったんだよね」と土岐沢。

「う、うん、」堀尾が喘《あえ》ぐように言葉を継ぐ。「ちょっと度の超えた悪ふざけだよな？」

「わからない」と俺はモイギを見下ろしたまま答えた。

こんなのが「ちょっと度の超えた悪ふざけ」で通用するはずがないし、「わからない」のでもなかった。

知りたいと思わなかったのだ。

不意に至近で「うふっ」と声がして、見るとモイギが水たまりに両手をついて上体を起こそうとしている。また「うふっ」と首を揺らしているが、何がおかしいのか全然わからない。率直に言って気持ちが悪く、また不愉快でもあったが、彼に非情な仕打ちをしたのが自分のカノジョであることを考えるとあまり強い態度に出るわけにもいかず、「大丈夫かよ」と俺はモイギに声をかけた。

モイギは返事をする代わりに、こちらへ首をぐるんと回して「死ぬかと思ったあ」と朗らかな声で言い、言った途端に「うげえええええーっ」とまた黒い液体を吐き出す。

彼の台詞の明るさと、目の前で起こっている光景の陰惨さとのギャップに戸惑いながら「どうして」と言った。しかし「どうして」の次にどう続けていいのかわからない。

僕の言葉をどう受け止めたのか、モイギが「供養」と答えた。口に付いた黒い液体をパーカの袖で無造作に拭う。

「僕が猫の死体の脚や腕を持ち帰っていたのは、せめて供養してやろうと思ったからだよ。ここ、神社だし」

「『供養』って仏教だろ」

土岐沢のどうでもいいツッコミを聞きながら、ある疑念が膨らんでいくのを、俺は感じていた。おそらく同じことを考えていたのだろう、堀尾が「じゃあ」と俯《うつむ》いた。

「猫を殺したのは君じゃないんだな」

「それ、大串じゃないの？」とモイギ。

「は？」どいつもこいつも俺のことを一体何だと思っているのか。

「だって君、いつもここで安酸さんと会っているじゃないか」

「お前、ふざけるなよ」

モイギに詰め寄ろうとしたら、堀尾が間に入って「安酸じゃないのか？」と言った。

「猫を殺してたの、安酸じゃないかな」

「なんで」最初に反応したのは土岐沢だった。

「今、消去法で安酸が怪しいってことになったのは理解してるけど、……どうして安酸が猫を殺すんだ？」

ごぼっと咳込むように、涸れ井戸がまた泥を噴出した。俺たちはそちらを振り返り、ようやく自分たちが大粒の雨に滅多打ちされていることを思い出した。誰からともなく本殿へ移動し、めいめいに上着を脱いだ。芯まで身体が冷えていた。

「三人の中に犯人がいて、モイギが違うっていうなら」土岐沢が手を擦《こす》り合わせた。「フツーに考えて大串だろ。悪いけど」

「いや、安酸だと思う」堀尾が賽銭箱《さいせんばこ》のほうを見つめながら呟《つぶや》いた。その賽銭箱に雨が降り込んでいる。迫り出した庇《ひさし》の部分が、あちこち破れているせいだ。

「さっき、安酸の言ったこと、覚えてる?」と堀尾が続ける。

「『先輩は、バラバラになった猫のパーツを持ち帰ることにしたんですね』って言ってたでしょ。あの言い方はヘンだよ。だって普通、こう言うから。『先輩は、猫をバラバラにしてパーツを持ち帰っていたんですね』。あの言い方は『猫を殺したヤツ』と『猫の部位を持ち帰ったヤツ』が別人だと知っている人間の喋《しゃべ》りかただよ。そして、そんなことを知っているのは犯人以外にいない」

「それは、俺の質問への答えになっていないぞ」と土岐沢がなおも食い下がった。

「俺は、『なんで』って聞いたんだ」

「……………」

雨足が少し弱まり、雲の間から細く陽が射した。

しばらく俺たちは沈黙していたが、不意に、くそっと舌打ちして土岐沢が乱暴に髪を搔《か》きむしった。「『全然知らないヤツが犯人』ってことでいいじゃねえか」

「………」

「これは推理小説じゃないんだぞ。言葉尻をひとつ捉えて『犯人だ！』とか、バカじゃねえの？　それなら大串だって、普段から『猫がキライだ』って公言してるじゃねえか。それで『犯人は大串ですね』とは、ならねえだろ！」

　そんな土岐沢の発言を聞いたモイギが目を丸くした。弾《はじ》かれたようにこっちを振り返って「大串って猫がキライなの？」と宇宙人を発見したみたいな口調で問うてくる。

「猫というか、動物は全般的にキライだ。ヤツらは病原体の運び屋だからな」

「それだよ」とモイギ。

「どれだよ」と俺。

「安酸さんが猫を殺す理由。『猫がキライだ』って大串が公言しているから殺しているんだよ。彼女」

「は？」と土岐沢が声を荒らげたが、徐々にその表情が曇っていく。

「ちょっと待ってよ」と堀尾が頭を抱える。

「それってつまり、大串の要望を、安酸が文字通りに叶《かな》えてるっていうこと？」

　俺たちのやりとりを聞きながら、モイギの顔が曖昧な、モイギらしい表情になっていく。

泥で黒く染まった自分の上着を見つめながら、「僕のこと、死ねばいいのにって言っただろ」と笑った。

……言った。

確かに、俺は結愛の前で一度ならずモイギという人格の存在価値を否定していた。だが、だから何だというのか。そんな軽口は、気の置けない相手の前でなら誰しも気楽に口走っているんじゃないのか。

「だから、僕が井戸に落とされる羽目になったんだよ」

「…………」

まさか。

あれを結愛が真に受けたというのか？

それでは、まるで子供だ。リテラシーのない人間の振る舞いだ。こんなことをする人間が、全国統一高二模試の国語で連続満点を取れるものなのか？

「あいつ、死ねばいいのに」と言った時、傍らで結愛はどういう表情をしていた？　どんな返事をしていた？　思い出せない。思い出せない。

「僕に死んで欲しいと、本気で思っているのかい」

「そんなわけないだろ」

「では、彼女にそう説明してくれないかな？」

「何だよ、全部、結愛のせいだって言うのかよ」

「君が安酸さんの前で『死ね』とか『消えろ』って言った相手はきっと、この先みんな殺されて消えるよ。この神社の猫たちみたいに」

「嘘《うそ》だ！」

「嘘だと思う？」

「いつからだ？」完全な泣き声で、堀尾がこちらへ顔を上げた。

「……何が」

「とぼけるなよ。気付いてたんだろ、安酸の様子がおかしいって」

結愛の様子が、おかしい。

正確に言えば、結愛は「行方不明事件」の後からおかしかった。けれど、俺はそのおかしさを上手く把握することができなくて、「あんなことがあったんだから無理もない」とか「俺たちの関係の変化に伴うものだ」とか「気のせいなんじゃないか」と思い込もうとすることで、必死に誤魔化そうとしていた。

しかし、今回の件でそれができなくなった。

結愛は決定的に変だった。何かおかしなところがある、というより、何かが欠落していた。そして、本当なら、今までそれとキチンと向き合ってこなければならなかったのは、俺だった。

どこからどう話せば、うまく伝わるだろう？　あるいは、どこまでが話してもいいことで、どこからが話しちゃいけないことなんだろう？

今まで誰にも話さなかったこと。

俺と結愛を結びつけている、暗い秘密。

雨の中、霞《かす》んで見える祠《ほこら》。その社の扉は今も壊されたままになっている。子どもの頃、あの中に何が入っているんだろうと兄貴と言い合い、好奇心の赴くまま扉を開いたことがある。黒ずんだ大きな壺《つぼ》と木彫りの人形が並んで置いてあった。今は、そのどちらも消えている。

「中学二年の時なんだけど」と俺は口を開いた。

それは、俺の兄貴が亡くなる一ヶ月くらい前のことだった。

「夏に五日くらい連続で休んだことがあっただろ、結愛」

「うん」と堀尾がすぐに頷《うなず》いたが、そんな昔のことを、こいつは本当に覚えているのだろうか。

「死ぬかも知れないくらいの勢いで虐待されてたんだよ、あの時。結愛」

「…………」

「そこの祠に何日も閉じ込められていたのを、何とか助け出したんだけど、結愛がおかしくなったとしたら、あの時がキッカケなのかもしれない」

鳥居の向こうでは、ますます激しくなってきた雨が神社外のあらゆるものを叩いており、まるでこの神社を世界中から切り離そうとしているみたいに見えた。

＊　＊　＊

緋摺木《ひするぎ》神社には、嫌な思い出しかない。

あまりにも嫌なことばかり起きるので、もしかしたらこの世界には「悪い気」と呼ぶべきものがあって、この街のそういう気が、全部この神社に吹き溜《だ》まっているんじゃないかと思えてくる。

嫌な思い出。

結愛がいなくなったのは、中学二年生の夏のことだった。

五日連続で欠席したにもかかわらず学校への連絡がなかったことを不審に思った担任が、彼女の家に電話をかけたところ、彼女の継母が受話器に出て「それが、このところ顔を見ていないんですよー」と、問題のある応答をした。

「このところ顔を見ていないというのは、帰宅していないということですか」

「さあ、知りませんけど、とにかく顔を見ていないんです。御免なさいね」

「警察に届けは出しましたか」

「警察？　そんな大袈裟に騒ぐのも、ちょっと……。ねえ？」

担任は遅ればせながら「この母親では話にならない」と判断し、今度は実父の勤務先に電話した。

驚くべきことに、実父は継母以上に駄目だった。

「大串は何か知らないか？　お前たちって仲いいだろ」

「知りません」答えながら、胸の辺りがじわりと熱くなるのを俺は感じた。

彼女が「体調不良」で数日にわたって欠席するのは珍しくなかったので、この時まで、まさか行方がわからなくなっているなんて思ってもみなかったのだ。

俺は覚束ない足取りで、職員室から放課後の教室へ戻った。

すでにクラスメイトのほとんどがもう帰宅しており、目に入ったのは窓際の席で大きな本を広げている小見山《こみやま》だけだった。「全校生徒の顔と名前が一致する」と評判の小見山に、担任から聞いた話をぶちまけて思いのままに相談したいという衝動に駆られたが、何やら大きな本を机に広げて熱心に読んでいるので遠慮した。

ところが「心配だな」と、本に目を落としたまま小見山が呟いた。

本当に何でもお見通しなんだな、と俺は感心した。というより呆《あき》れた。

「職員室で『何か知らないか』って聞かれたよ。結愛が行方不明だってこと自体、今知ったのに」

そう言いながら俺はスマートフォンの通話履歴で兄貴の電話番号を探し出した。

兄は、すぐに電話に出た。「結愛がいないんだ。いなくなって五日経《た》ってるって」と吐き出すように言った。

兄は「へえ」と答えた。

「どこにいるか知ってる？」

「べつに」

「べつに」って何だよ、と頭に血が昇ったが、俺は深呼吸をした。コイツに怒ってもダメだ。

まぶしい日差しの中、セミたちが命を削りながら叫び続けていた。窓の奥では緋摺木山の木々が風に揺られている。あの無数の木々の無数の枝に、無数のセミがとまっているんだと思うと、目眩《めまい》がする。俺の目の前で、小見山が黄土色の背表紙の、なにやら分厚い本を広げた。『御霊《ごりょう》と民間信仰』。難しそうな題名が墨字で書かれている。

「どこか、心当たりない？」

ようやく怒りを鎮めた俺は、気持ちを新たに質問した。

「ないね」

「結愛と付き合っているんだろ！　心配じゃねえのかよ！」

やはり耐えきれなくなって、感情的な声になる。

「お前こそ、自分の女でもねえのに、なんでそんなに心配してんだよ」

受話器の向こうで兄は笑っていた。

ダメだ。これでは話にならない。兄がこんな風になったのは、いつからだっただろう。俺はスマホを切って手近な机に置いた。兄のことはどうでもいい。ことは一刻を争っている。そういう直感があった。

「このことを知っていたのか」俺は小見山を見ずに言った。

「いや。僕もさっき知ったばかりだよ。……しかし普通に考えれば父親だよな。知っているだろ、安酸家の家庭内暴力」

「ああ」

もはや小見山がどこまで知っていても驚かない。こういう奴って、将来どういう大人になるんだろう、と思う。しかしさすがの小見山も今この瞬間に結愛がどこにいるのかまでは把握していないらしく、ここでこうして彼と対話していても問題の解決にはつながらないだろう。

そう考えると居ても立ってもいられない気分になってくる。今すぐ学校から飛び出して手当たり次第に捜索して回ったほうがいいんじゃないのか。

そんなこちらの焦燥を知ってか知らずか、小見山が「ちょっとこれを見て」と机の上の本を指した。

「いや、俺、すぐ捜しに行かないと」

「闇雲にか？　いいから、見てみなって」

手元の本を強引に押し付けてくる。「何だよ」と声を荒らげながら開かれたページを睨んだところ、何と、市内の地図ではないか。

「安酸結愛の父親は緋摺木町で工業部品の製造を請け負う会社の社長なのだが、それより注目すべきは彼が緋摺木神社で毎年行われている『絆祭《きずなまつり》』を取り仕切る若衆の中心メンバーだってことだ。

さて、安酸結愛が三日も行方がわからない理由は大きく分けて三通り考えられる。

①　家出。

②　どこかに拉致・監禁されている。

③　最悪の事態。

①なら僕らの出る幕じゃないし、③なら今さら何をしたって手遅れだ。つまり、僕らが当面問題にしなきゃならないのは②のケースだ。と、ここまでを考え合わせた結果」

小見山は本の後方から手をのばして、目視もせずにペンで一か所に丸を付けた。

「僕はここが怪しいと思う」

「緋摺木神社……」

「良くて社務所、悪くて涸れ井戸だな」

――五日だぞ！

俺は校舎から飛び出しながら計算していた。単純に計算して百二十時間。安酸結愛。兄貴の彼女。親からの虐待という共通点から始まった俺の恋は、親からの虐待によって終わってしまうのか。

石段を駆け上がる途中で、参拝客らしき人とすれ違った。その男性が、ひどい剣幕で駆け上がっていく俺に怪訝《けげん》な目を向けている。ということは、この男は境内で異常な声や物音を聞かなかったということか……？

不安に押し潰されそうになりながら、俺は本殿に駆け寄った。鍵が掛かっていないから違うだろうと思いつつ、扉を開く。「絆祭」と書かれた幟《のぼり》が紐《ひも》でくくって置いてあり、その脇に大きな神輿《みこし》が一台据えられていた。俺は舌打ちをして扉の取っ手を離すと、今度は井戸へ駆け寄った。覗き込むと、乾いた埃《ほこり》の臭いがした。丸い闇の奥に向かって「結愛っ！」と叫ぶ。声が反響する。いない。……いない。

その時、不意に背後で気配を感じた。

はっとなって振り返る。

小さな祠。

人が入れるような大きさには見えない。結愛なら頑張れば入れるかもしれないけれど、これでは身動きが取れないだろう。

それでも、俺は駆け寄って「結愛？」と呼びかけた。

返事はない。けれど確信があった。

饐《す》えた臭いと沈黙の気配。

真新しい南京錠。

扉を蹴破った。

頭に大きな壺を被った人間が転がり出てきた。無我夢中で頭から丸い土器を引き抜くと、壺の口から泥みたいな液体が、ばしゃっとこぼれた。この暑さの中、これを飲んで命を繋《つな》ごうとしていたのか。

俺は結愛を抱きしめた。

臭い。軽い。とても生きているとは思えない。

俺は「結愛あああああっ」と叫び、「何でだよ！」と祠を罵った。

「五日間も一緒にいて、何で助けてやらなかったんだよ！　お前、神だろ！」

祠の中には小さな台が設けてあり、その上に恭しく御神体が載っている。角材を彫って作ったような細長い身体に、貫頭衣を幾重にも着込んだ人形。それが四角い目を剝《む》いて笑っていた。

俺は怒りにまかせてその御神体を摑んだ。

「何がヒスルギ様だ、この野郎！」言い様、首をへし折った。

細長い笑顔が地面に落ち、俺は息を切らしながら結愛を振り返った。痩せこけた姿で、力なく横たわっている。ピクリとも動かない。

「結……」言いかけて俺は尻餅をついた。自分の手に違和感を覚えて、見るとタールのようなものが付着している。何だ、これは。と頭部の欠けた御神体を見直すと、頸《くび》の辺りから黒い液体を流していて気持ちが悪い。俺は膝に手をあてて立ち上がり、御神体を井戸へ投げ捨てた。

「何してる」

急に声がした。石段のほうへ顔を向ける。結愛の親父が野球のアンパイアみたいなシルエットで仁王立ちしていた。太い首の上に、表情の乏しい顔がのっている。

「あんたこそ、自分の娘に何してんだよ！」

「ガキが他人の家の子育てに口出しするんじゃない」

ただでさえ感情が沸騰しているところへ、諸悪の根源というべき男がストームトルーパーみたいな顔をして「子育て」などと言う寝惚《ねぼ》けた発言をしたものだから、こちらは一瞬で理性が蒸発した。

俺は怒りに任せて結愛の親父へ突進する。逆三角形に鍛えられた巨軀《きょく》。冷静に考えれば敵う相手ではなかった。だが理性が再び俺の身体へ戻ってきた時、俺は結愛の親父に馬乗りになって拳大の石を執拗《しつよう》に相手の顔に叩きつけていた。

——今度はこっちが人殺しになってしまう。

そういう真っ当な思考が浮かび、俺は手を止めた。血に塗《まみ》れた石が俺の手の内で滑り、どすんと地面に落ちる。眼下では結愛の親父が赤く照り輝く顔を震わせながら「うく、うく」と譫言《うわごと》を吐いていた。この期に及んで表情がない。

「何が『絆祭』だよ！」と胸倉を摑んでも、やはり反応しない。いくら殴っても、いくら怒鳴っても、俺の憤りが伝わっているように見えない。己のやったことを反省して欲しいというところまで高望みする気はないが、せめて怒りとか恐怖といった人間らしい感情くらいは吐露して欲しかった。

「お前みたいな奴は、死ねばいいんだ！」と叫ぶ。「ていうか、殺してやろうか？」そう言いながら顔を近付ける。にもかかわらず、この親父は耳慣れない外国語を話しかけられた人のように目を逸《そ》らすだけなのであり、これでは昆虫を脅しているようで、空《むな》しいばかりだ。

いよいよ殺される、という空気になっても、この男は「ああそうか」と諦めてしまいそうで、でもそんなアパシーを纏《まと》いながら、自分の娘を死に至るまで神社に放置し続けたのだ。

こういう虐待を「神頼み」と表現してもいいのだろうか？

「あんたが大事に祀《まつ》っている御神体だけど――」俺は息を弾ませながら唇を歪《ゆが》めてみせた。「結愛の一人も守れないボンクラみたいだから、さっき首をへし折ってやったよ」

挑発したところで暖簾《のれん》に腕押しだろうと最初から期待はしていなかった。

ところが。

「首をへし折った……？」

意外にも、こちらの台詞に結愛の親父は反応した。塞がりかけた両目をわずかに開く。

これが嵐の前の静けさで、ここから激昂《げっこう》するんじゃないか、と俺は身構えた。しかし相手はいつまで経《た》っても当惑している様子で、こちらはその当惑が何なのか理解できない。

「どうやって？」

「は？　大して力も入れてないのにアッサリ折れたよ。何か濡《ぬ》れてて気持ち悪かったぞ」

「何を言っているんだ？」

何を言っているんだ、はこっちの台詞だ。どうもさっきから会話が成立していない。俺は「だからさ！」と、親父に跨《また》がったまま、さっき頭を落とした地面を振り返った。

ない。

御神体の黒々とした頭部が、忽然《こつぜん》と消えていた。

「お前、ヒルスギ様は――この神社の御神体は小さな鏡だぞ」

「え？」

再び結愛の親父に向き直る。

背筋に冷たいものが走った。

じゃあ、アレは……？

動揺する俺の下で、親父の顔が急速に引きつっていくのを見た。こいつ、こんなに豊かな感情表現ができたのか。妙な感心をしている内、奴の腫れぼったい瞼《まぶた》の下の目が僕の後方に焦点を合わせていることに気付く。一瞬後、「わあああ」と割れるような悲鳴をあげると、彼は溺れる人のように両腕を振り回して、俺の身体から抜け出した。

俺は奴には構わず、後方へ首を回す。

結愛が直立していた。

長く乱れた髪が顔を隠し、泥の付いた細い腕がだらりと垂れ下がっていた。セーラー服にはあちこち謎のシミができており、相変わらず饐えた臭いがしている。けれど俺はお構いなしに彼女を抱きしめて「結愛、結愛」と喚《わめ》いた。結愛は俺の背中に腕を回し、抱きつき返してきた。

さっきまで身動き一つしないで倒れていた女子とは思えぬ、物凄《ものすご》い力だった。十本の指が背中に食い込んでいくのを感じた。

「見ツケテクレタ」

結愛がシンセサイザーで加工したみたいな、奇妙な声を出した。何日も飲食していなかったのだから、無理もなかった。「祠ノ中ニ、入ッテキテクレタンダネ」

「結愛！」涙が止まらなかった。

「死んでんのかと思った！　間に合って良かった、間に合って良かった！」

そう。

——間に合って良かった。

この時はまだ、そんな風にただ安堵《あんど》していたのだった。


でも、本当は、間に合ってなかったのかもしれない。


最初に結愛をおかしいと思ったのは、それから一か月後——「あの事件」の後だった。

あの事件。

井戸に転落した兄貴の行方はなかなか判明しなかった。

神社に迎えに行った時、兄貴は放心していた。両親の反対されて安酸結愛と別れた彼は、雨の降りしきる中、本殿の階段に腰を下ろして深く項垂《うなだ》れていた。俺が名前を呼ぶと、返事もせずに、光を失った瞳を俺に向けただけだった。

いつもの笑顔が抜け落ちた兄貴の姿を目の当たりにして、俺は動揺していた。

結愛を「どうせ別れる女」と言い、俺を「劣化版の俺」と呼ぶ、そんな仮面を剝ぎ落とされ、兄貴は人形のように座り込んでいた。

——何だ、やっぱり彼女のこと好きだったんじゃないか。

きっと、あの日だって、俺からの電話を切った後、陰で闇雲に結愛を捜し回っていたんだ。兄貴は、大好きだったあの頃から変わっていなかったんだ。

「帰ろう」と、俺は手を差し出した。兄貴は俺の手を取らなかったが、無言のまま立ち上がった。

ひと頃に比べて、日が短くなっていた。天気も最悪で、周囲はかなり暗かった。石段を見下ろすと、道の両側から延びた木の枝や雑草が、闇の世界へと誘う無数の手みたいに見える。

兄貴に傘を渡し、俺は先に歩き始めた。しかしいつまで経っても後方でそれを開く音が聞こえなかった。「雨に濡れて帰りたい気分なんだろう」と俺は独り合点して石段を数歩進み、途中で足を滑らせ、「この石、滑りやすいから気をつけろよ」と振り返った。いなかった。

「兄貴！」

胸騒ぎで息苦しかった。鳥居まで駆け上がると、閉じた傘の先で地面に線を引きながら兄貴が歩いていた。

「よかった」という気持ちと、「何をやっているんだ」という怒りが同時に湧いて「兄貴！」と背中を追おうとした。その瞬間、彼の行き先がわかった。俺と兄貴とを結ぶ直線の延長上に井戸がある。

俺は開いたままの傘をその場に落として兄貴のほうへ駆け出した。兄貴は一度もこちらを振り返らないまま井戸の縁石に足をかけ、吸い込まれるように姿を消した。

——これは、何かの間違いだ。

それが最初の感想だった。

兄貴は全世界から愛されて生きていた。

ちょうど、泳ぎの上手い人間がプールの水と戯《たわむ》れ合うように、兄貴は生を楽しんでいた。彼を見ていると、この世界で生きていくのは案外簡単なんじゃないかと俺には思われた。

しかし俺がプールに飛び込むと、水は暗くて重く、俺の身体にまとわりついた。兄貴が颯《さっ》爽《そう》と泳ぐそのすぐ脇で、俺は静かに冷たい水を飲んでいた。溺れかけながら、俺は兄貴のようになりたいと願った。兄貴になりたかった。兄貴は輝かしい人生を全うするだろう。

それは別に構わなかった。俺は兄貴が嫌いだったわけじゃない。恐ろしいのは、兄貴の輝かしい人生を見つめながら、あるいは傍《はた》から比較されたまま生きていくことだった。

頬を伝う温《ぬる》い雨水を感じながら、俺は「何でだよ」と声に出していた。この世界にある醜悪な感情だとか陰惨な出来事は、俺の担当だったんじゃないのか？

しかるに今、目の前に、兄貴に渡したはずの傘だけが落ちている。

一刹那、こんな酷《ひど》いことが起こるのはひょっとしたらヒスルギ様の祟《たた》りなんじゃないかと考えた。

俺の手の内で、ヒスルギ様の首を折った時の、あの湿った感触が生々しく蘇《よみがえ》る。

しかし、もちろんそれは馬鹿げた考えだった。祟りなどという非現実的な現象はありえないし、第一、あれはそもそもヒスルギ様ではなかった。第一、仮に祟りが本当にあるとするなら、首をもがれるのは俺のハズではないか――。


警察の事情聴取を終えた俺は、奇妙に明るい待合室に座っていた。

すぐ横で獣のように唸《うな》っている母の、「佑太朗《ゆうたろう》佑太朗佑太朗佑太朗」と繰り返すその念仏じみた悲鳴をBGMに、俺は自分が兄を喪《うしな》ったことでどれくらいのダメージを被ったか己の内に問いかけていた。しかし耳元で連綿と続く佑太朗佑太朗佑太朗佑太朗が、念仏というより呪詛《じゅそ》に近い声色で俺の思索を遮り、しかもそれはすぐに具体的な呪詛としてこちらに降りかかってきた。

――何でアンタじゃないの。

というのが、事故現場の目撃者であり、かつ被害者の実の弟という、精神的外傷を負った当時中学生だった俺へ向けられた第一声だった。

むろん、返事の仕様などあるわけもなく、俺はただ曖昧に頷くことしかできなかった。母はそんな俺のコメカミをシリアスな強度で殴りつけた。一瞬平衡感覚を失って倒れそうになったが、ソファの背もたれに腕を引っかけることで何とか持ちこたえた。

「香織《かおり》」と父が咎《とが》めた。ていうか、いたのかよ父。「やめなさい。ここは警察署だぞ」

──そこか？　突っ込みどころ、そこかよ！

さすがに頭にきて睨《にら》みつけたものの、父は全くこちらへ視線をやろうとしない。

このように、両親と称する二人の反応はこちらの想定を一ミリも出ないもので、日頃常々俺のことを「佑太朗のスペアキー」と呼んでいた割に、マスターキーがなくなっても特に扱いが変わるわけでないことが、この時に判明したのだった。

俺は薄く笑った。

現実は厳しい。

一度下位互換認定されてしまうと、比較の対象がいなくなったって下位互換であり続けるしかないらしい。

…………。

そんなことはなかった。

状況が劇的に変化したのは、火葬場で兄の遺骨の焼きあげを待っている時だった。仕出し弁当を食い終わり、残した沢庵《たくあん》を割り箸の先端でつついていたら、いきなり横から母が抱きついてきた。「え。え？」と狼狽《ろうばい》する俺に、「これからっ」とつんのめった口調で腕に力を込めて「家族三人で頑張って生きていこう。ね？」と叫んだ。それって今言明しておかなくちゃいけない事柄なのか？　こんな場所で？　こんなタイミングで？

しかし母はほとんどこちらの側頭部に嚙《か》みつきそうな勢いだったし、周囲の人間がこれを見てどんなリアクションをとっているのだろうかと首を巡らせたら、部屋の奥で父が眉間に深く皺を寄せて頷いている。そしてその目が、涙を湛《たた》えてまっすぐにこちらを向いていた。変な表現だが、何だか父親みたいな視線だった。

そうか、と俺は思った。

この人たちは、兄が炉で焼かれるに至ってようやく「もうマスターキーは永遠に紛失してしまったんだ」という現実を吞《の》み込んだ。そして、そして俄《にわか》にスペアキーとしての俺の価値に気付き、葬式のドサクサに紛れてこれまでの仕打ちを一気に水に流そうとしている。

この瞬間まで俺のことを切り捨てていたその作法で、この人たちは今、兄を切り捨てた。

俺はもう、薄く笑ったりはしなかった。そんな余裕なんてないくらいに、現実は厳しく俺の前に立ち現れていた。

それから何日か経った。

久々に会った彼女は、事件前まで俺に見せていたのと変わらぬ屈託のない笑顔で「佑太朗」と俺を呼んだ。あれ？　聞き違いかな？　と首を傾《かし》げたが、会話を続ける内、「でも、佑太朗この前言ってたでしょ」と俺のことを佑太朗扱いするフレーズがまた出てきた。

「いやいや。あのさ、佑太朗って俺の兄貴だから。ていうか先日は通夜に来てくれてありがとうな」

突っ込みを入れている途中くらいから、俺はもう戦慄していた。名状しがたい違和感。

「イヤだな、知っているよ。でもさ、いつも言ってたじゃない。俺も佑太朗みたいになりたいって。もうお兄さんはいないんだから、これからはあなたが佑太朗だよ」

「…………」

——何それ。え、何それ？

俺は彼女から身を引いた。彼女が「？」と首を傾げる。長い黒髪が揺れる。きょとんとした顔がだんだん笑顔に戻っていって「どしたの？」と俺の頬をつまむ。

俺がおかしいのか？

犯人がまだ見つかっていないのに、「大串佑太朗の欠落」という日常を切り裂く疵《きず》が、何も補われぬまま急速に塞がっていく……。

兄の佑太朗は、俺にとってひたすら疎ましい存在だった。

森羅万象が彼のことを愛している。そんな風に感じたことは一度や二度ではなかった。だが、そんな兄が死んでしまうと、彼を取り囲んでいた笑顔のすべてが作り物だった気がしてならない。

俺は結愛に抱きついて泣いていた。

身を震わせながら泣いたのはいつ以来だっただろう。

腕の中の結愛は、身体の中に一本の固い芯があるようで、しかもそれがだんだん大きくなっている感じがした。

「佑太朗」と彼女が耳元で囁《ささや》いた。

「だから、佑太朗じゃないってば」

俺は文句を言ったが、その一方で「それでもいいや」とも思っていた。二人きりの時に限って兄貴の名前で呼ばれるというのも悪くはない――。

＊　＊　＊

「……虐待と失恋か」

土岐沢がぼそっと呟いた。

俺も何と返したらいいのかわからず、口を噤《つぐ》んでいた。堀尾も俯いたまま唇を噛んで、土岐沢の言葉に反応しない。そんな俺たちを交互に見比べて、土岐沢が更に続ける。

「問題は、これからだと思うんだ。これから彼女が何をしようとしているのか、あるいは俺たちはこれからどうするべきなのか、それを考えないと」

土岐沢が真っ当なことを言っている。

「君が誰彼構わず『死ねばいい』とか言うから、どうしていいのかわからないじゃないか」

と堀尾。

「どうしたらいいかわかるよ」

土岐沢がスマートフォンを操作しながら怒った表情になった。彼の手元から、モイギの泣き声が漏れ始める。〈ごめんなさい……。どうしてこんな……〉。

「お前らには酷な話だけど、スクールカウンセラーに相談した後、しかるべき病院に連れていって、治療をしてもらうべきだろ。長期的には、それが一番彼女のためになる」

「……………」

堀尾の視線を感じた。

土岐沢は真っ当なことを言っている。

そして、意外なことに、第三者から「病院へ連れていけ」と意見された瞬間、俺はどこか救われたような気持ちになった。今まで独りきりで抱えてきた「何者かが結愛の人格を乗っ取って操っている」みたいな恐怖が、非科学的で幼稚な妄想のように思えてきたからだ。土岐沢の言う通り、専門家に見せれば彼女の言動にも科学的な説明がつくだろうし、科学的な解決策も示されるはずだ。

「土岐沢の言う通りなのかもな」と俺は答えた。

「きちんと猫のこととか話し合って、そうしたら一度病院へ連れていこう。……虐待とかが背景にあるんだったら、きっと皆だって理解してくれるさ。あれだけ頭が良くて優しい奴なんだ。治らなきゃ嘘だろ」堀尾はそう言って洟《はな》を啜《すす》り、「もし、その他のことでも手伝えることがあったらさ……」と項垂れた。

というタイミングで、「うふっ」とモイギが笑った。

堀尾の反応は早かった。

「何がおかしいんだよ！」と怒鳴りつけた時にはすでに左腕でモイギの胸倉を摑んでおり、右腕はすでに振り下ろされた後だった。さすがに「やめろよ！」と二人の間に割って入り、「コイツは、さっきまで井戸に浮かんでたんだぞ」と諫《いさ》める。

モイギは鼻の辺りを押さえながら「安酸結愛を病院に連れていくなんて、無駄だよ」と、なおも不愉快な笑い方をしてみせた。

「第一、もう間に合わない」

「間に合わない？」俺は、彼のその言葉に胸をつかれて、つい問い返す。

「間に合わないってどういうことだ」

「学校祭は明日からだよ。学校祭は彼女抜きでは動かないから、彼女はその責任感ゆえ、絶対に病院に行きたがらない。じゃあ行事が一通り終わるまで病院へ連れていくのは待とう。君らがそう悠長に構えている間、きっと今度こそ僕は井戸から転落死させられてしまう」

「あるいは、全然違う『大串の願望』を叶えようとするか」と土岐沢が額に張りついた前髪を掻きあげながら身体を丸め、「大串。お前何か心当たりないの」と問うてきた。

……結愛が別の「願望」を叶えようとしている可能性だって？

「モイギ以外の誰かに向かって『死ねばいい』なんて言った記憶はないんだが」

「それはそれで傷つくね」とモイギ。

「『死ねばいい』だけじゃねえよ。何かを欲しいと言ったり、何かをしたいと言ったり、そういう発言を彼女の前でしなかっただろうな？」と土岐沢はモイギの皮肉を流す。

「言ってないと思うけど、言ったかも知れない。というか、そんなの一々憶えてねえよ」

「――前夜祭」

夢から醒めたみたいな顔をして、堀尾が呟いた。

「あ……」

視線が交錯する。

「前夜祭やりたいって、結構真剣に言ってたよね」

「でも、前夜祭って今晩だぞ……」

高校最後の思い出に、三年生を中心にした前夜祭を企画したい。

学校祭実行委員長が結愛だったこともあって、俺たちは正式に生徒会顧問団の教員宛てに企画書を提出した。今から半年くらい前の話だ。

「前夜祭と、卒業パーティー《プロム》については定期的に三年生から希望が出されるんだけど、まず許可されないよ」と保科《ほしな》先生が古文の指導書に視線を落としたまま答えた。

「そういうことがしたかったら、別に学校の中でやらなくても、どこかライブハウスでも貸し切ってやったらいいじゃない」

身延《みのぶ》先生はレトルトの入ったマグカップに熱湯を注ぎ、中を熱心に観察しながらそう言った。

二人とも、俺たちの作った企画書には目もくれなかった。

「何だよ、あいつらマジあり得ねえ」

彼女の前で、そんな風に愚痴った記憶がある。

「そんなにやりたかったの？　前夜祭」

問いかけてきた結愛の目がいつもより大きくなっていて、俺はちょっと戸惑いながら
「高校生活ももう終わりだしさ、きっとこの先、冴《さ》えない人生が待っているかと思うと、最後くらい、忘れられないイベントをやっておきたいと思うだろ」

そんな風に答えた。

「前夜祭くらいなら……大丈夫なんじゃねえの？」

もっと大変なことが起こると思っていたのだろう、土岐沢は小さくため息をついた。

「いや、それはそれでマズいよ」堀尾が首を振る。

「確かに先輩男子を涸れ井戸へ投げ込む事案と比較すれば大したことじゃないのかもしれ

ないけど、生徒会長兼学校祭実行委員長ともあろう者が、自ら指揮を執って無許可のイベントを最終下校時刻過ぎの校舎で大々的に行おうものなら、翌日からの学校祭に影響が出るのは必至、というか、下手したら学校祭が中止になるんじゃないか」

「でもさ、もし大串の言うことを何でも聞くんだったら、今からでも『前夜祭を中止してくれ』って頼めば解決する話なんじゃねえの？」土岐沢が至極もっともな意見を言う。

「それにもし万が一、彼女が言うことを聞かなかったとしたって、いざとなれば俺たちで無理矢理止めちゃえばいいんだ。そもそも、彼女は実行委員長なんだから、いくらなんでも学校祭の開催が危ぶまれるような騒動を敢えてしたいとは思ってないだろ。とにかく行事週間さえ乗り切ってしまえば、後は彼女を病院へ連れて行くことに集中できる」

「そうだよな」と、俺は頷いた。

何とかなる。

父親から虐待されていて、本当だったら死んでいてもおかしくなかった女の子を救い出すことができた。

理解不能で得体の知れなかった同級生が、本当はバラバラになった遺体の一部を持ち帰って供養するほど心根の優しい奴だったんだと知ることができた。

どんなことだって、大抵どうにかなるんだ。

これから、仲間たちと力を合わせて、俺たちにとって最後の学校祭を人知れず守り、最愛のカノジョを病院へ連れて行く。彼女が本来の彼女を取り戻すまで、根気強く寄り添っていく。

客観的に見れば、きっと一つ一つは大したことじゃないんだろう。しかし、これはこれで当事者的には刺激に富んだ生活じゃないか。そう考えれば、あのつまらなそうに見える教員たちの生活にだって日々きっと新しい発見や変化があるのだ。

そんな当たり前なことを新たに発見しつつ、俺は堀尾や土岐沢、それにモイギと目配せしてスマートフォンを制服のポケットから取り出した。

「前夜祭は中止にしようって言うよ」

「ついでに、『モイギを井戸に落とすのは金輪際やめろ』って言ったら?」と堀尾。

「何となくだけど、ここであれを目撃したっていうのは内緒にしておいたほうがいい気がするんだが」

真面目に返答すると「冗談だよ」と堀尾が笑った。笑うだけの余裕が戻ってきたようだ。

「じゃあ、『前夜祭なんてやめて、代わりにエロいことをしようぜ』って送るよ」

「それは全くシャレにならないぞ」

堀尾が真顔になる。土岐沢が笑いながら「どうでもいいから、さっさと用件を済ませろよ」とこちらの肩を叩く。

「はいはい」と液晶画面に目を落とし、ふ、と息を呑んだ。

『今どこ』というメッセージ。

結愛。

脇から画面を覗いていた堀尾が、素早く周囲を見渡す。

「いつ送られたんだ」と土岐沢が俺の腕を引っ張る。

「五時半？　彼女、石段を下りながらこれを送ったのか？」

「バレてた？　俺たちがここにいるって……」

「そんなはずないって！　普通に大串の所在を確認しているだけだよ。ていうか普通に訊《き》くよ、『今どこ』って。付き合っていたら」

カノジョなどいたためしがなかった上、真っ先に周囲を窺《うかが》っていた堀尾がそう言っても全然説得力がない。

俺はとりあえず「家にいるよ」と送信。すると、それから何秒もかからず『ふうん』という無内容な返信が届いた。「どうした？」と問うてみる。また間髪入れず『ただ何となくメールしたくなっただけ』と言う。これはどうやら、いつもの他愛ない会話が始まっただけらしい。

今度は、余り考えずに「結愛こそ、今どこにいるの？」と打った。

『わたしも家にいるよ』

またすぐに返信が来る。

「そっか。学校祭の仕事は一段落したの？」

『前夜祭の件で納得してないっぽい三年生がいるせいで大変だったけどね』

冗談を言っているのか本気で言っているのか、判断できない。

俺たちは顔を見合わせた。しかし、視線を揺らすだけで誰も何も言わない。

俺はスマートフォンの画面を近付けると「あのさ、今日になってこんなことを言うのは申し訳ないんだけど、やっぱり前夜祭なんてやりたくないかな」と一気に打ち込んだ。一度逡巡《しゅんじゅん》すると送れなくなってしまうと思ったので、そのままの勢いで送信する。

雨の勢いが、一段弱まった。

すぐ脇で土岐沢が細く息を吐き出すのが聞こえる。

やがてヴーッとスマートフォンが短く震えて、画面に『どうしたの？』と表示される。

どうしたの、と問われても本当のことを言うわけにもいかないし、上手い理屈を考えるだけの余裕が俺たちにはもう残されていなかった。「別に、特別なことがあったわけじゃないんだけど、何か気分じゃなくなったというか」字数の割に内容のないことを打ちながら、堀尾や土岐沢を振り返る。

「これで、納得してくれると思うか？」と問う。

「納得も何も、大串の言うことなら何でも聞くんだろ」と、土岐沢が質問で返してくる。

「いいから、送ってみてよ」とモイギが身体を揺らしながら口角だけを不自然に持ち上げた。モイギには意見なんて聞いていなかったし、この場面で笑っている理由も、実際この表情が本当に笑顔なのかも、サッパリわからない。ただ、身体を揺らしているのは明らかに体調が優れないからで、夕闇の中、彼の顔だけが紫色になっている。

メールの送信を見届けると、堀尾が静かに、しかし有無を言わせぬ調子で「モイギはもう帰りなよ」と言った。

「帰って横になるなり医者に行くなりしたほうがいい」

「医者に行ってもいいの？」とモイギ。上目遣いになって我々を順番に窺っている。

俺には一瞬、その質問の意図が読めなかった。

けれど、堀尾がすぐに表情を険しくして「僕らが彼女を病院へ連れて行く前に余計なことをするようなことがあったら、僕が君を涸れ井戸に落としてやるからな」とモイギの胸倉を摑むのを見て合点がいった。

「どうせ僕の言うことなんて誰も信じないよ」胸倉を摑まれたまま、モイギが目を細めた。やはり、笑っているように見える。「堀尾」と土岐沢が制止し、堀尾は大きく息をついてモイギのパーカから手を離した。

その時。

ヴーッとスマートフォンが鳴った。

『誰と一緒にいるんだ』

そう表示されていた。

俺と堀尾は身動きができなくなり、そんな我々の様子を見て異常を察知した土岐沢とモイギが「どうした」と駆け寄ってくる。

「部屋には俺しかいないよ。一階に母親がいるけど」

わななく親指で入力しながら、「そうじゃないだろう」と思った。こんな返事じゃない。今、送るべき言葉はそうじゃない。「お前は誰だ?」そう問うべきなんじゃないか。

『嘘ばっかり。わたしは佑太朗に嘘を吐いたことがないのが自慢なのに』

「……どういうことなんだ?」土岐沢が口元に手をやった。

「だって、これっておかしくないか? 安酸が『嘘を吐いたことがない』なら、彼女は家にいるはずだろ。だとしたら、今までのやりとりで、どうして大串が誰かと一緒いるってわかるんだ?」

俺たちは賽銭箱を見つめて黙った。誰も、たった今の質問に答えられる者はなかった。

「何か怖くなってきちゃったけど、お言葉に甘えて僕はもう帰るよ」

雨は、さっきまでの勢いこそ失っていたものの、相変わらず激しかった。そんな中、モイギが覚束ない足取りで拝殿から石段のほうへ進み始める。さすがに見かねたのか、土岐沢が「俺、送っていくよ」とその後を追う。

「前夜祭の話がどうなったか、ちゃんと教えろよな。何でも手伝うからさ」と土岐沢。

「僕も、できることがあったら」と、モイギもキャラに合わないことを言った。

「万一、交渉が不首尾に終わっても、僕ら四人で対処すれば何とかなるって」

堀尾が俺の肩を叩いた。

「何とかなるよな」と、俺はさっき抱いた思いを口にした。

「どんなことだって、仲間たちで力を合わせて立ち向かえば、きっとうまくいくよな?」


「どうしたの」

帰宅するとすぐに母が問うてきた。

無理もなかった。

靴を脱ぎながら下駄箱の小鏡に目をやり、己の身なりを確認する。ぐっしょりと濡れた顔や制服のあちこちに油っぽい汚れが付着していた。

「ああ、これ……。あんまり激しい雨だったから、堀尾たちとテンション上がっちゃって」

「あんた、まさか緋摺木神社に行ったんじゃないでしょうね?」

急にソリッドな声色になる。

顔を上げると、台所のダウンライトの下で母の表情が死んでいる。

「いや、グラウンドの裏だよ」

グラウンドの裏とは、とりもなおさず緋摺木神社の境内なのだが、こちらの返答を聞いた母の顔に再び血が通いだした。

「制服、クリーニングに出さなきゃねぇ」

以前なら、こちらの流血なしには済まなかった案件が、平和裡《へいわり》に収まっていく。

俺はこの状況に慣れ始めていた。

洗濯機の前で私服に着替え、改めて洗面所の鏡に己の顔を映す。青黒く、頬が痩《こ》け、汚れのせいで小皺が浮き出して見える。これではまるで――まるで佑太朗だった。

あの夜、雨の降りしきる中、どこかへ消えてしまった兄を捜して警察たちは文字通り夜を徹した。その甲斐があったのだろう、俺たち兄弟は通夜に対面することができた。兄貴は笑っていた。考えてみれば、兄貴はいつも笑っていた。周囲からの愛情を疑わない者の、余裕と甘え。そんな風に見えて、俺は正直、兄貴のその屈託ない笑い方が好きになれなかった。でも、死んでしまった兄貴が浮かべていた表情は、疲れ切ったり何かを諦めたりした人が見せる悲しい笑いだった。

それでも束の間向かい合った兄の顔は、ちょうど今の俺みたいにくたびれて老け込んでいた。

俺は顔を洗って再び顔を上げる。

やっぱり兄の顔だ。

この何年かで、俺は急速に兄に似てきている。

首に手をやって、佑太朗、と思う。

佑太朗、と結愛が俺を呼ぶ。

ひょっとして、あの雨の日に井戸の底へ消えたのは、俺のほうなんじゃないのか？

「伸二朗！」母の声で、魂が身体へ引き戻される。

「さっきまで安酸家の娘が待っていたのよ、あんたのこと」

「え……」

タオルに顔を押しつけたまま固まる。

さっきのメールのやり取り──「結愛って今どこにいるの？」『わたしも家にいるよ』──で言っていた「家」とは、俺の家のことだったのか！

俺は戦慄する。

結愛は本当に、俺に嘘を吐いたことがない。その上、俺が投げかけた質問には必ず答えてくれる。

スマートフォンを取り上げ、彼女の電話番号を表示する。

安酸結愛。先輩男子を無造作に涸れ井戸へ放り込む生徒会長。そして、俺の彼女。

俺は発信ボタンを押さず、そのまま電話をポケットに入れた。

今すぐ、結愛に会いに行かなくちゃ駄目だ、と思う。前夜祭を中止しろなんてメールを送るんじゃなく、キチンと彼女の目を見て、誰かの手を借りることなく、まずは自分の力で彼女を救い出さなきゃだめなんだ。

「母さん」と俺は台所を横切りながら言った。

「俺、ちょっと出掛けてこないと」

「あら、もうじき夕飯よ」

「すぐに戻るから」

振り払うようにそう言って玄関を出たところで、今の母への台詞が、兄がよく出かける時に母へ投げかけていた言葉と全く同じであることに思い当たって、俺は慄然とした。

背後でドアが開き、そこに母が立っていて、その顔がまた死んでいる。誰と会うの、と口をほとんど動かさずに問うてくる。まるで、人形を忘れた腹話術師だ。

「あの女なの？」と続けて問うてくる。さっきまで彼女がいた、という話からの流れなんだから、そう推理するのが当たり前なのだが、俺はどういうわけか不意をつかれた気がして「いや、学校に忘れ物をしちゃって」と我ながら謎な嘘を吐いた。最終下校時刻過ぎに学校まで取りに戻らなきゃならない物って何だよ、と俺は母よりも先に自分自身へ問いかけたが、上手い返答が思い付かない。

ところが母は「ああ、そう」と案外簡単に納得してくれた。

「もう暗いんだから、できるだけ一人にならないのよ。あと、神社へ行ったらダメ」

「わかってる」

「本当にわかってるの？　あんた、たまに行ってるでしょう」

「行ってないよ」

「嫌よ、わたし……あの子の首だってまだ見つかってないのに……」

「え？」

――首が見つかっていない？　誰の？

急速に口の中が乾いていくのを感じた。

じゃあ、記憶に残っている兄貴の顔は一体何だ。本当に兄貴は自分から井戸に落ちたのか？　そもそも、井戸に落ちて首がなくなるなんてことがあるのか？

俺の記憶が間違っているのか？　どこから？

結愛と別れて境内で項垂れていた兄貴。あれは、本当の光景だったのか？

「もう、あんたのスペアはいないんだから」

母のあんまりな発言を聞いて俺は我にかえった。「大丈夫だって」と答えながら「ああ、この人は間違いなく母だ」と思った。頼もしいくらいに母は変わらない。変わったのは、俺の立ち位置だけだ。

俺は一旦、兄の首問題を棚上げにして、スニーカーへ足を突っ込んだ。

今、問題にしなければならないのは結愛の件だ。

雨の勢いはだいぶ弱まっていた。

俺は迷った末、傘を持たずに薄暗い街へ駆けだす。

さっきまでの天候のせいか、誰ともすれ違うことなく結愛の家まで辿《たど》り着いた。家を出て十分弱という距離なのに、彼女のアパートを見上げる頃には上空から雲が嘘みたいに消えており、取って付けたような夕焼けの朱が電線や木々に付いた雨粒を暗く光らせていた。

そんな中でも、目の前のアパートは段違いに陰気で、とりわけ二階中央の安酸家へ目を向けると気持ちが塞ぐ。

「佑太朗」

呼ばれて振り返ると、そこに結愛が立っていた。

どこかからテレポーテーションしてきたかのような出現だったが、こちらは案外驚かない。

「何でだろう、ここに来るような気がしていたんだ」

そう言う彼女の表情が、よく見えない。笑っていないことだけは雰囲気でわかるのだが、逆光のせいで、長い髪から華奢《きゃしゃ》な身体へかけて彼女の輪郭だけが影絵のように切り取られて見える。

「ごめんな、連絡せずに来たりして」

「何しにきたの？」

「どうしても、会わなくちゃいけない気がしたんだ」

そう言うと、俺の向かいでゆっくりと結愛が首を傾けた。どうやら、夕陽《ゆうひ》へ目を凝らしているらしい。

「今日は変な天気だったよね。いきなり雨が降ったと思ったら――」彼女はそこで一度言葉を切ると「胸騒ぎのする赤だね」と続けた。

俺は答えずに彼女を見つめていた。見つめている内、俺はだんだん自分の話している相手が本当に結愛なのか不安になってくる。しかし「お前、結愛だよな?」と半笑いにでも聞いてしまうと、それが途端に冗談では済まなくなってしまう気がして、さっきから言葉が選べぬまま、俺は代わりに彼女の頭へ手をのばす。指先が黒く塗りつぶされた結愛の頬に触れる。

「どうしても、会わなくちゃいけない気がしたんだ」と、さっき言ったばかりの台詞を繰り返す。

「いつだって会えるじゃない」

「それはそうなんだけど、昔、色々、あったからさ。不安で」

一つ一つの文節を叩きつけるような喋《しゃべ》り方になる。実際に対面で話をすれば、もっと安心できると勝手に思い込んでいた。前夜祭のこととか、モイギを井戸に落としたとか、猫を殺したとか、そういう話が俺たちの誇大妄想に過ぎなくて、やっぱりおかしいのは無気

味男爵だよね、と笑い合える。そう信じたかった。けれど、彼女とこうして会話している
と、不安は解消するどころか、膨らんでいく一方だ。

「あれれ、わたしのことを心配してくれるの？」

一層、結愛が首を傾げ、それを見た瞬間、どくん、と俺の心臓が脈を打つ。

「心配をしているよ、いつも。懸念と言ったほうが適切なくらいだ」

「優しいー」

「確かさ、こういうやりとりが前にも――」

こういうやりとりが前にもあった。あの時は「じゃあさ、追いかけてきてよ。わたしが井戸の中に落ちたら」と結愛が続け、俺はそれに返事をしなかった。

しかし、結愛の心はずっと前から暗い淵《ふち》の中に落ちていたのかもしれず、俺は「追いかけてきてよ」という彼女の訴えに真面目に向き合わなければならなかったんじゃないのか。

勿論《もちろん》、もし本当に「追いかけて」しまったら、俺たちは二人とも井戸から出られなくなってしまうのだが、もしこれが「寄り添っていて欲しい」という意味であるなら、そんなのはお安い御用だ。結愛の壊れてしまった心が、元に戻るものだろうが二度と戻らないものだろうが、俺はどっちでも構わない。寄り添っていて欲しいのは俺のほうなんだ。

「部屋に来る？」と結愛が囁いた。

俺はつられるように彼女の部屋を振り返る。

玄関扉の郵便受けに大量の新聞紙や広告が刺さっており、部屋の電気はついていない。

「——いや。だって、いるんだろ？　親父さん」

「いるといえばいるけど、大丈夫だよ」

「………」

しかしやはり、アパートに人の気配が感じられない。

彼女をここまで送る時、俺はいつも彼女の頭を撫《な》でながら「大丈夫か？」と問いかけていた。それはもちろん、「親父さんから酷い目に遭わされていないか？」という確認なのだが、酷い目も何も、俺は神社での一件以来、ずいぶん長いこと彼の顔を見ていない。

噂《うわさ》で何度か名前を耳にしたものの、内容としては「最近見ていない」とか「体調を崩して遠方の病院に入院しているらしい」とか彼の不在を問題にしたものばかりだ。

そして、改めて思い出すまでもなく憶えている。結愛を救い出した時、結愛の親父に向かって吐いた言葉。——お前みたいな奴は、死ねばいいんだ。

「とりあえず、歩こうぜ」と俺は言った。

「うん」

素直に結愛が俺の後をついてくる。

「結愛」

「なあに？」

「もしかしてお前、親父さんのことを殺した？」という言葉を俺は飲み込む。問いかけてしまったら、彼女がどんな返事をしようが、その瞬間に、胸を渦巻く疑念が確信へ変わってしまう気がした。

「結愛」もう一度呼んでみる。

「だから、なあに？」くすぐったそうに結愛が笑う。

「お前、誰？」

これも言えない。代わりに、俺は素早く彼女の手を摑んだ。

俺が佑太朗ではないように、結愛も結愛ではないのかも。そんなことを考えながら、俺は結愛っぽい何かの手を引いて夕闇の街を歩いていく。

俺たちの足は自然と神社を目指していた。

「こういう日常が、いつまでも続いていけばいい」と、結愛が髪を揺らした。

「本当にそうだな」と、俺は答えた。

「わたしたちにとって一番大事なことは、日常生活を守ること。だから何か異常なことが起きたら真実をでっち上げてでも解決しなければならない」

だから、モイギに全ての罪をなすりつけようとしたのか。

「しかし、日常が絶え間なく続いたら退屈だ。だから祭が必要なんだね」

俺は隣を歩く結愛の横顔を見つめた。そんな俺の視線を感じ取ったのか、彼女が振り返って「にひひ」と笑った。いつもの結愛だ。そう思い込もうとする。けれど、つい考えてしまう。彼女が「にひひ」と笑うようになったのはいつからだったろう、と。

「学校だけで十分だよ」俺は繋いだ手に力を込めた。「結愛。さっきもメールで送ったけど、もし俺たちに内緒で前夜祭とか企画しているんだったら、それは中止にして欲しいんだ」と頼んだ。

「何で？」元々大きい目を、さらに丸くする。

「何でって、そんなの、ちょっと考えればわかるだろ」

俺は、ふと顔を上げた。

緋摺木神社の石段が、夕闇の奥へ、剝《む》き出しの背骨みたいに伸びている。

俺は結愛の手を引きながら、一段目に足をかける。どうしてこんなタイミングで神社に行かなければならないのか我ながら不明だったが、結愛と二人きりで過ごす場所は、ここ以外他に思い付かなかった。

「学校に無断で前夜祭なんてやったら、学校祭そのものが中止になるかもしれないし、そうなったら結愛のこれまでの努力が無駄になるんだぞ。俺にとっては前夜祭なんかよりそっちのほうが問題だ」

「それって、前夜祭をやりたいってことだよね？」

「は？」

「だってそうじゃん。本当は前夜祭をやりたい。だけど、学校祭に影響が出るのが嫌だから遠慮したい。今のって、そういう話でしょ」

「まあ、そうだけど」

「じゃあ、やろう。前夜祭」

「いやいやいや、ちょっと待て。どうしてそうなった？」

俺は額に手をやった。彼女の理屈がわからない。わからないため、どこからどう説得すればいいのか見当がつかない。堀尾たちと一緒にいた時は「気乗りがしなくなった」とメールを打ったように記憶しているが、ここでも「気乗りがしなくなった」の一点張りで押し通すべきだったのだろうか？

「とにかく前夜祭はやめて欲しいんだ」と俺は言った。

「遠慮ヲスルコトハナイ」

いきなり声色が変わった気がして、俺は彼女を振り返った。

そこに結愛の顔がある。それは当たり前なのだが、その口元の笑みがおかしかった。顔全体が笑っているのでなく、鼻から下だけ無理矢理「笑顔」に固められてしまったような不自然さ。それに第一、俺の知っている結愛は、そういう口の形で笑わない。

「いや、遠慮とかじゃなくてさ――」

おかしな顔で笑う彼女の後方に、緋摺木高校の校舎が影絵のように見える。グランドを挟んで結構な距離があるはずなのに、こちらへ迫ってくるような迫力があった。行事週間を前に、どの窓からも当たり前のように明かりが漏れている。学校祭の運営に直接かかわっていない教員は、こういう時間まで一体どういう仕事をしているんだろうと、こんな状況にもかかわらず、毎度おなじみの疑問が一瞬胸をよぎり、そこで俺の全身が硬直した。

「まだ仕事をしているとは、教員っていうのも楽な稼業じゃないね」

数日前、結愛とそんな会話をした。俺は教員連中について「自分とは相容《あいい》れない種類の生き物のようだ」という感想を抱きながら「何やってんだろうな」と言った。そこまでは、いい。そこまでで黙っていれば良かったのだ。

「こんな学校なくなればいいのにって、しばしば思うよ」


「結愛」

俺の口の中が急速に干上がっていく。

「――お前、誰だ？」

結愛は応えない。ただ、貼りついた口元の笑みだけがじわじわと大きくなっていく。

その笑い方に、心当たりがあった。

俺が、首をへし折った、偽の「ヒスルギ様」。

「――お前、誰だ？」

「佑太朗――」

「俺は、佑太朗じゃない！」

彼女の手を振り払った。

「首を折ったことは謝る！　だから結愛を返してくれ！」

「…………」

「俺の首をもぎ取りたいって言うなら、それでも構わないから！」

「佑太朗の首なら、もうとっくにもいじゃったからなー」

「明後日から、もう冬休みだよー」みたいな口調で結愛はそう言い、「叶《かな》いっこない願いを口に出すと切なくならない？」と、こちらへ顔を近付けた。

その言葉を聞いて、俺の脳裏に三年前の会話が蘇る。

結愛を神社から救い出して二週間後のことだ。

「お兄さんのこと、嫌いなのね」と、結愛が俺に寄りかかりながら問うてきた。

「『イヤ』と『嫌い』は違うよ」

俺は言葉を慎重に選びながら喋っていたが、それは結愛のためではなく俺自身のためだった。彼女に話すことで、俺は自分が抱いている兄への感情を言語化しようと努めていた。

兄が嫌いなのではなかった。

ただ遠くへやってしまいたかっただけだ。

俺は賽銭箱を見下ろしながら己の頰に手を当てた。母から打《ぶ》たれた箇所が痛い、というより熱い。

「……もし、ヒスルギ様がどんな願い事でも叶えてくれるとしたら、伸二朗はどんなお願いをする？」

「叶いっこない願いを口に出すと切なくなるだろ」

「同じ叶わない願いでも、口に出すのと出さないのとでは大違いだよ」

結愛が似つかわしくないことを言って笑った。「それに、切実な祈りならきっとヒスルギ様が慈悲の心を顕《あらわ》してくださるよ」

「ヒスルギ様は仏じゃねえよ」

俺も彼女につられて笑った。笑いが収まると、俺は早口で言った。

――俺は佑太朗みたいになりたかった。

でも、それは正確な言葉じゃない。俺は、「みたいに」じゃなく、佑太朗になりたかった。そう言い直したら結愛が「うん」と頷《うなず》いた。

「俺は、佑太朗になりたいんだ」

「うん、うん」

「祐太朗には結愛もいるし。……でも、俺には誰もいないから」

……そんな甘い思い出が、今振り返ると全然違った色彩を帯びて見える。

「三年前に『同じ叶わない願いでも、口に出すのと出さないのとでは大違いだよ』って言ってたよな？」

記憶を手繰《たぐ》り寄せながら、俺は反論する。

「それが切実な願いなら、口に出すべきだよ。人に伝えた時、初めて願いは願いになるんだ。だけど、願うだけじゃ駄目。佑太朗になりたいと思ったら、キチンとするべきことをしないと」

「……それで兄貴の首をもいだのか！　兄貴は井戸に落ちたんじゃないのかよ！」

彼女の両肩を摑《つか》む。体を揺すった瞬間、浮かべていた笑みがすっと消えて「わたしを返して欲しいと願うなら、井戸の底まで追いかけてきてよ」と言った。

「井戸の底？　どういう意味だ？」

すがりつくようにして俺は問うた。

「わからない」と、今度は泣き顔になる。それは間違いなく俺の知っている結愛の泣き顔だった。継母に殴られた二の腕の痣《あざ》を見せてくれた時の、眉の形。俺はそれを見ると胸が締め付けられる。それは単なる慣用句じゃなくて、本当にどうしようもなく絶望的で悲しいと、実際に締め付けられたように胸が痛むことを、俺と結愛は知っている。

最終下校時刻の見回りを、俺たちは掃除用具入れのロッカーに身を隠すことによって乗り切った。

日直の教員は轟《とどろき》先生だったが、彼は電気をつけることもせず「はい、はい」と呟きながらちょっと首を教室に差し入れ、そのまますぐに廊下へと姿を消した。

それを見送るや、「本当にあるんだろうな、前夜祭」と、土岐沢がスマートフォンの光を浴びた笑顔を引きつらせる。

「これで彼女が帰宅していたら、僕らはとんだ道化だよね」

堀尾がロッカーの内側にぶつからぬよう、注意しながら首をこちらへ向ける。

「道化じゃ済まねえよ。俺なんか確実に停学だぞ」

教室中央に据えられた「学校祭用レプリカ緋摺木神社」の祠には、ログインしたまま無人の会議室に放置されていた職員パソコンが一台入れられている。盗み出したのは土岐沢で、詳しいやり方は説明を受けてもまるでわらなかったが、パソコン内部のアカウント情報を使用して、校内の無線ＬＡＮの機能を停止させたらしい。「彼女がネットを使って一般の生徒たちへ前夜祭の告知をするとマズいから」というのが、その理由だ。

「巻き込んじゃってゴメンな」と俺は言った。

「あと三か月もしない内にセンター試験だ。俺は平凡なスコアを出すだろう。きっと碌《ろく》な大学に入れない。俺は多分、この学校が称揚する、所謂《いわゆる》『グローバルリーダー』とやらに一生搾取されて終わる、取り換え可能な『人材』になる。……この前夜祭は、俺にとって真に価値のある、本当に大事な人を助け出すために与えられた、最後のチャンスなんだと思う」

「馬鹿を言え、俺たちにはきっと輝かしい未来が待っている。『つまらない奴になる』という思い込みが、その人間をつまらない奴にするんだ。ここでお前が学校祭を救うのは、未来への行きがけの駄賃に過ぎない」と土岐沢。

「そうだよ。前夜祭は前夜祭なんだ。この後に本当の祭がなきゃ、格好がつかないよ」

堀尾が何やら上手いことを言い、俺たちは互いに微笑《ほほえ》み合った。

「こんな学校なくなればいいのにって、しばしば思うよ」

俺は、二人にそのことを話していない。

結愛が、何か得体の知れない邪悪なものに取って代わられていることも。

こうして、祭が、始まってしまった。

第七話　前夜祭

向かい合わせの校舎の窓際に、彼女が立っていた。

ぴんと伸びた背筋。屈託のない微笑《ほほえ》み。窓枠の中で世界が完結している。ぞっとする美しさ。その宝石みたいな瞳がまっすぐ職員室に向けられている。いや、向けられているのは純粋な悪意だ。

きっと、この世界で最も厄介な人種は「聡明《そうめい》な狂人」だ。

どんな顛末《てんまつ》を迎えたとしても、夜が明ければ「安酸結愛《やすかたゆあ》」の名は、歴史に残る殺人鬼として日本中を震撼《しんかん》させるはずだ。一方、安否がどうであれ僕は名もなき「被害者」だ。臆病な凡人は、朝までの三時間をどのように生き延びるか、という問題をひたむきに解くほかない。

頭に浮かぶ選択肢は四つ。
①　このまま職員室に籠城。
②　職員室ではない、どこか安酸の思いも寄らないところに隠れ続ける。

③　安酸から見つからないように学校を脱出する。
④　安酸を退治する。
①は、実際に僕らがそうする可能性は高かったわけで、当然、安酸だって対策を練っているだろう。②③については、自信がない。この学校で「安酸の思いも寄らない」とか「安酸から見つからない」なんて想像できない。僕はさっきから④のことばかり考えている。「いっそ、こちらのタイミングで肉弾戦に持ち込んだほうが、まだわずかにでも勝機があるのではないか」と。
――勝機？

僕は、自分の心の中にわいて出たその言葉にハッとなる。

――勝機って、何だ？

僕は、長く極限状態にいたせいで鈍くなってしまった思考力を必死で働かせる。

元来、僕にとっての勝利条件とは「朝になるまで生き延びること」だったハズだ。それが今、殺すか殺されるかの話にすり替わろうとしている。理由は明確だ。彼女が「末社の祠《ほこら》に閉じ込められていた少女」だったからだ。

つまり、最初から彼女の標的は、あの日彼女を見捨てていった僕だったんだ。

僕が遅くまで学校に残っていて、かつ他の教員ができるだけ少ない夜――すなわち今晩、実行に移すべく綿密に計画を立ててきた。だから、僕は彼女と決着をつけなければならい。そう、僕は思い込もうとしている。

しかし、安酸結愛は緋摺木《ひするぎ》高校の生徒だ。

数時間前、乙川《おとかわ》さんが「人を殺したら、その時点でその子はうちの生徒じゃなくなる」と言っていたけれど、一般常識からすれば、依然、安酸結愛は僕の教え子で、その子を殺して生き延びた僕は、この先、教員として、というより一人のまっとうな人間として世間から受け容《い》れてもらえるだろうか？　これからの人生、周囲から後ろ指を指されながら生きていかなければならないのか？

——何だ。もう、とっくに詰んでいるじゃないか。

がたがたがたがた。

職員室内のあちこちから物音がする。地震だ。

無意識に天井を見上げる。それから視線を下ろすと、床に転がっている身延《みのぶ》さんと目が合った。彼女の首が、さっきの地震で微《かす》かに揺れている。イヤイヤをしているような動きに応じて、黒々とした眼球が蛍光灯を反射する。無機質な光。

「イヤだ」思わず声が出た。

——こんな風になるのは嫌だ！

世間とか後ろ指とか、僕は一体何を考えているんだろう。死んでしまえば、すべてがおしまいだ。その後に待っているのは永遠の暗闇、永遠の無だ。

「…………」

強く目を閉じる。目を開く。行こう。生徒が僕のことを待っている。

彫刻用の小刀を摑み、進路指導室の棚を跨《また》いで僕は職員室の扉に手をかけた。

その瞬間、「いーち」という低い声が背後から響いた。

呼吸が止まる。振り返る。まだ向かいの校舎には安酸結愛がマネキンみたいに突っ立っていた。唇だけが「ち」の形で固まっている。

――今のは、彼女の声なのか？

そんな疑問を抱くより先に再び「にーい」と、野太い――というより男性の声が無表情な安酸結愛の口から発せられた。

「2」と言ったのだ。僕はもう振り返らずに廊下へ飛び出した。鬼ごっこ？　かくれんぼ？　どちらにせよ、彼女はたぶん10まで数えながら僕が移動するのを待っている。

事務室前のロビーまで走った。真白い応接スペースに、相変わらずの状態で轟《とどろき》さんの身体部位《パーツ》が放置されていた。いや、相変わらずではない。初めて見た時よりも、全体的に寄せ集まっているように見える。「何で？」と働きかけた思考を、僕は無理矢理止めた。

――気のせいだ。気のせいに決まっている。今は、そんなことを考える時ではない。応接スペースの電気を消した。渡り廊下のほうまで床が闇に沈む。これで、安酸のいる場所からこちら側の様子は窺《うかが》いにくくなったはずだ。

僕は腰を屈《かが》めてロビーの中央まで進む。左手には下りの階段と西校舎へ続く廊下があり、右手には北校舎への渡り廊下がある。

「ろーく」と数える安酸から発せられる野太い声が、渡り廊下の空気を震わせる。

僕は大きく息を吸い、そして吐いた。数時間前までは轟さんの血液の、その強烈な臭気に耐えられなかったが、今はそれほど苦にならない。同僚たちの血を浴びて自分からも同じ臭いがしているから大丈夫なのか、散々他人の死を目の当たりにしてきて慣れてしまったのか、わからない。

――間違っているのではないか？

突然、そんな疑念が頭に閃《ひらめ》いた。

教頭問題ではなかった。茂手木《もいぎ》の仕業でもなかった。影山さんも無関係だった。……あの炎天下の神社で、少女を見殺しにしてしまったこと――これも違うのではないか？

「しーち」

暗がりの中で、間違って轟さんのどこかを踏んでしまわぬよう注意を払いながら北校舎への連絡通路へと進む。連絡通路は、窓越しに三年四組の明かりが入ってくるせいで、さっきより大分明るかったけれど、それは僕の心を少しも和ませなかった。職員室と比べて角度的にややきつくなったものの、どうにか向かいの校舎に突っ立っている安酸の姿が視認できる。が、それは取りも直さず「向こうからだってこちらの位置が把握できる」ということだ。

僕は現時点でまだ安酸が教室にいることがわかったのだから、ここからは身を屈《かが》めて——すなわち、窓枠の下に隠れて、彼女のところまで行けばよいと考えた。しかし「じゆーう」という低い声が、耳元で響いたような気がして、僕は思わず窓枠の上へ顔を出した。


安酸の影が忽然《こつぜん》と消えていた。


どくん。心臓を叩《たた》かれたような衝撃。

僕を取り巻く景色が、ぐにゃりと歪《ゆが》む。周囲の空気がいきなり湿気を帯びて重くなる。

……得体の知れない大きな生き物がいて、それが悪意を腹《はら》の底に孕ませながら静かに蠢《しゅん》動《どう》している。僕は、その体内にいるんじゃないか……。

いや、こんな妄想をしていても意味がない。冷静さを欠くのは、文字通り命取りだ。

「…………」

もう、三年四組へ行く理由はなくなった。安酸結愛はそこにいない。彼女は恐らく、僕が脱出するのを阻止しようとするだろう。そして、この位置から校門まで、考えられる脱出ルートは二つ。

①事務室前のロビーへ戻り、すぐ脇の階段を下りて保安室前の玄関から駐車場方向へ出る。これが最短ルートだが、問題がある。保安室前の玄関は内側からでも鍵がないと開けられないタイプだ。力ずくで壊せるか自信がない上、そこは一階連絡通路の延長上でもある。ここから近い分、最も安酸から捕捉されやすい位置でもある。

②ロビーから二階の廊下を西棟方向へ進み、正面玄関——すなわち体育館前の出口を突破する。ここも鍵なしでは開かないタイプの扉だったと記憶しているが、ほとんどの部分がガラス張りであるため、手際よく割ることができれば外に出ることは容易《たやす》い。

正面玄関から校門までの距離も、①よりは近い。

とにかく一刻も早くこの異常空間から逃げ出したい僕からすれば、思いのままに悲鳴をあげながら①のプランを実行に移したくて仕方がない。けれど、だからこそ、正解は②だ。

僕はロビーまで戻って、西棟のほうへ移動することにした。

慌てては駄目だ、と細心の注意を払いながら歩いていたつもりだったのに、応接スペースで轟さんの何かを踏んだ。半固体が押し出されるような物音と一緒に小骨の折れるような感触が足裏に伝わり、発作的な吐き気に襲われる。

顔を上げると、廊下の突き当たりに非常口の明かりがぼやけて見えた。目尻の涙を拭う。

突き当たりを右に曲がって、少し進んだところに幅の広い階段がある。そこを下れば正面玄関だ。

もう、どのタイミングで安酸と遭遇してもおかしくない。

彼女の顔を見たら、一瞬の躊躇《ちゅうちょ》もなく小刀を突き立てる。何も考えない。何も迷わない。

「知者は惑わず、勇者は懼《おそ》れず」

僕は何となく口ずさんだ。

この間、漢文の授業でそんな例文を扱った。出典は『論語』だ。しかし、僕は書き下し文を板書しながら疑問を感じていた。「知者とは、惑い続けることを厭《いと》わない人物ではないのか？　勇者とは、懼れを抱き続けることのできる人物ではないのか？　惑わず、懼れず何かを実行してしまう、そういう者を人は愚者と呼ぶのではないか？」そして、そういう質問を生徒から投げかけられたら僕は何と答えたらいいのだろう——？　だが、生徒らは黙って板書をノートに書き写すだけだった。

そんなことを、なぜ、こんな時に思い出さなければならない？

僕は深呼吸をすると、小刀を握りしめたまま非常口のランプまで小走りに廊下を駆け抜け、壁に背をつけて左側の様子を窺った。

西棟の廊下は非常灯を反射して明るく、突き当たりの非常階段まで明瞭に見渡すことができた。

——一番奥の扉が開きかけている。

まず、僕の意識に上ったのはそのことだった。

しかし考えてみると、あそこの鉄扉は確か機械室のものであるから、最初から鍵がかけられていない上、今晩はエアコンを入れたり切ったりしたせいで結構人の出入りがあったわけで――。

「これ、冷房ですよ」

何時間か前、通風口に手を差し伸ばした僕は、身延さんにそう告げた。職員会議が終わった時点では暖房設定だったのに、誰かがわざわざ冷房運転に切り替えた。誰かというのはたぶん安酸結愛で、しかしどうしてそんな真似をしたのか皆目わからない。本人にもわかってないんじゃないか。

廊下が予想外に明るかったことと、機械室の扉を見てあれこれ考えていたせいで、僕はしばらく気が付かなかった。

西棟二階の廊下、その中ほどにある２０３教室。

その上方の小窓から、光が漏れている。

「！」

全身に力が入った。

――安酸結愛がいるのか？　だとしたら、何であんなところに？

西棟のトイレ前を横切る。その脇には階段があって、予定ではすぐにそこを下りるはずだったのだが、僕は電気のついた教室へ進んでいった。

教室のドアは閉まっていた。

しかし、ドアの取っ手近くに縦長のスリットがあって、そこから教室の内側を覗《のぞ》くことができる。

手の感覚がなくなるほど強く小刀を握っていた僕は、「教室の中に安酸結愛がいればいい」と願った。

もしここに安酸結愛がいるなら、ここで決着をつけてしまいたい。そう考えていた。もしかしたら、どこかに彼女がいるかもしれない、という状態のまま階下へ行って正面玄関を突破しようとするのは恐ろしすぎる気がしたのだ。

教室のドアに顔を寄せる。

スリット越しに目が合う。

血に染まった眼球。それが、縦に二つ並んでいた。

教室の中央で教卓に横たわっていたのは、乙川さんだった。だらしのない体の上で、首が不自然に曲がって、顔がこっちを向いている。乙川さんは殺されていると思っていたから、彼女が死んでいるのを見ても「ああ、やっぱり」程度の感慨しかわかなかった。

僕はそのまま隣の教室へ這って行き、深呼吸して壁に耳を付けた。

問題は、乙川さんの周囲で呆《ほう》けたように座っていた男子生徒たちだ。

——ずっといたのか？

僕は音をたてぬよう注意を払いながら小刀を床に置き、冷たく痺《しび》れた手を数回振った。

この生徒たちが何者なのか、懸命に記憶を探る。三年生だ。大串伸二朗《おおぐししんじろう》と、その隣で床に蹲《うずくま》っていた大柄な男子には見覚えがある。現代文で受け持っている生徒だ。しかし、もう一人の、ノートパソコンを覗き込んでしきりに頭を掻《か》いていた生徒は、よくわからない。

彼らは、敵なのか味方なのか。

敵だとしたら、どうして安酸と行動を共にしていないんだろう？

味方だとしたら、彼らはこんな時間までここで一体何をしていたんだ？

多数の疑問が同時に頭を駆け巡って、結局この場面では彼らを相手に自分がどのように処すればいいのか一向に見えてこない。近くに身延さんがいれば「大串たちはきっと、わたしたちに隠れて前夜祭をしようとしてたんだよ。こんな事件に巻き込まれるなんてよっぽど運が悪いんだね。でも、わたしたちと彼らが力を合わせれば、きっとみんな助かる！」と楽観的な見解を示してくれただろうか？

だが、僕にはそういう風に思えない。

大串は、一人では何もできないつまらぬ奴だが、どういうわけか安酸の彼氏だ。つまり、よりにもよって殺人鬼の恋人がこの現場に居合わせている。これを不幸な偶然と見做《みな》せるだろうか。

そして、彼らの脇に横たわる乙川さんの遺体――。

だが、乙川さんの問題は、すぐに解決した。

「くそ！　何だよ、このデブ！　いきなり襲ってきやがって！」

隣の教室から怒号が響いた。大柄な生徒が叫んでいるらしい。

「俺らのことを犯人だって思ったんじゃねえの？」

この声は大串のものではないから、きっとパソコンをいじっている生徒だ。

「にしたって、犯人かどうか確認してから襲えばいいじゃないか！　仮にも僕らは生徒だよ？　それを問答無用でって、どういう神経しているんだ？　思考力を全部、脂肪に吸収されちゃったの？」

どうやら乙川さんは彼らを諸悪の根源と誤認した挙句、返り討ちにされたらしい。無意味に心へ傷を負わされた生徒を、さっきのパソコンが「落ち着けよ……」と諭す。

「落ち着けるかよ！　このデブのせいで僕は、僕の人生は、滅茶苦茶じゃないか！　こんな女のためにだぞ……！」

最後は声が崩れてしまった。洟《はな》を啜《すす》る音がして、再び教室内が静かになる。

数秒後、「朝になったらさ、証言してくれるよな？」と、大柄な生徒の声。

「ああ、――」

「正当防衛だって。……な、どっから見たって正当防衛だったよな？　な？」

「仕方なかったたって俺も思うよ。ああしてなきゃ、間違いなくお前は殺されてたもんな」

「ああ、くそっ、どうしてこんな――」

「……何とかなりそうか？」

これは、大串の声だ。

「いや。さっきから直してんだけど……」とパソコンの生徒が早口になった。何度もマウスをクリックして、「何でかな、接続できててアンテナも立っているのに……」と舌打ちする。

「遮断できたくせに、どうして復旧できないんだよ！」

さっきまで啜り泣きしていた声が、再び叫んだ。

「だから、復旧はしてんだって！　サーバーも生きてる！　なのに繋《つな》がらないんだ！　携帯さえ、あいつに取られなければ何とかなったのに！」

遂に、パソコンの生徒も感情を爆発させる。

「……こうなったら、もう諦めて逃げよう」短い沈黙の後、大串がそう弱々しい声で言った。

「堀尾《ほりお》。俺らがここにいても意味ないし、第一危険すぎる。俺も、ここまでだと思う」とパソコンの生徒も追従する。

「じゃあ、君たちは勝手に逃げなよ」と堀尾。

「モイギがあんな目に遭ったのに、助けられなかった！　その上、安酸まで救えなかったら、僕は自分を許せない！　安酸は、きっと今もどこかに隠れて救いを求めているハズなんだ！　このまま、何もせずに帰れっこないじゃないか……」

「前夜祭計画は俺たちの思い込みで、本当は安酸の奴、放課後すぐ帰宅しちゃったのかも知れないんだぞ。それに、何もしなかったわけじゃないだろ。きっちり乙川のことは仕留めたじゃないか」

「それ、まさか笑わせようと思って言ってんの？」

余りにも不謹慎なパソコンの生徒の発言に、堀尾が声を荒らげるのが聞こえる。

……息が止まっていた。

僕は、口元に押し当てていた掌《て》をゆっくり離す。

——「放課後すぐ帰宅しちゃったかも知れない」だって？　……ということは、彼らはまだ一度も安酸結愛に会っていない？

それって、おかしくないか？

安酸と会っていないなら、さっき大串が言っていた「逃げよう」とは、何から逃げようという話なんだ？　パソコンの生徒は、誰に携帯を取り上げられた？　堀尾は「モイギがあんな目に遭ったのに」と言っていたが、彼らはモイギを何から助けられなかったんだ？

「俺だって、安酸さんのことは気懸かりだ。だけど、あんな奴を相手にして勝てるとは思えないだろ。彼女のことを救いたければ、警察を呼ぶことを第一に考えるべきだ」

「だから。大串と土岐沢《ときさわ》は早くここから出て警察を呼んできてよ」

「馬鹿！　お前も出るんだよ！」

堀尾と、パソコンの生徒――土岐沢は、依然として言い争っていたが、それまでほとんど口を利くことのなかった大串が不意に「何だか俺、アレを見たことがある気がするんだ」と言うと、二人とも口を噤《つぐ》んだ。

「……アレって、あの化け物のこと？」と堀尾。

「お前には、ああいう出鱈目《でたらめ》な外見の知り合いがいるのか？」と土岐沢。また不謹慎なことを言ったつもりらしかったが、大串は真面目な口調のまま答える。

「知り合いっていうか、……アレを見ると、何かスゲーイヤな気分になるんだ」

「昔さ」と堀尾。いくぶん落ち着きを取り戻した声になっている。「友だちとふざけて祠の扉を開いたことがあるんだよ、緋摺木神社の。御神体って何だよ、どうせ石とかなんだろ、みたいなノリでさ。そうしたら、中に、アイツみたいな服を着た人形と、アイツが被っているみたいな土器が入ってた」

「え、怖い怖い！　じゃあ、あの化け物って……緋摺木神社の御神体ってこと？」と土岐沢。さっきまでしきりに鳴っていたパソコンを操作する物音が止んでいる。

「あの祠《ほこら》、いつの間にか荒らされて、中の御神体がなくなってたよね」と堀尾。

「あれは御神体なんかじゃない」大串の声が小さくなる。

「……まさか、あの祠の扉を壊したのって、お前なの？　これってタタリ？」ふざけ半分でそう言う土岐沢の声が震えている。

「そんなわけないだろう」と堀尾。

「そんなわけないよな」と土岐沢。

それきり、会話が途切れた。

僕は教室の壁から身体を離した。

彼らはやはり、テルテルボウズから逃げようとしている。そして僕は確信した。あのテルテルボウズは、安酸結愛だ。

呪いやタタリといった非科学的なものであるはずがない。あの祠を連想させるものを身に纏《まと》った上で、彼女は僕に復讐《ふくしゅう》しようとしているのだ。隣の教室の男子たちがあのテルテルボウズを見て安酸結愛だと判別できないのは、僕と安酸結愛との因縁を彼らが知らないことと、安酸結愛の発する、あの男みたいな声色のせいだろう。

それからもう一つ。教室の中の連中は敵ではない。協力して脱出を試みれば、かなりの確率でうまくいくのではないか。

僕は小刀を上着のポテットにしまい、四つん這《ば》いのまま廊下へ首を差し出した。僕よりも先に乙川さんが襲いかかったせいで、三人に警戒されずに接触するのが難しい。死んだ

後まで邪魔な女だ、と乙川さんのことを忌々しく思っていたら、

「あ」

思わず声が漏れた。

電灯の光が漏れる廊下の奥、半開きになっていた機械操作室のドアの陰で何か動くのが見えたのだ。いや、「何か」ではない。何重にも着込んだボロ布。その上に乗っかった巨大な丸頭。その顔がぐるんと乱暴に回った。被りものが不安定に揺れる。

「いつの間に……」

いつからいた？　機械操作室で何をしていた？

テルテルボウズは、ちょっと首を傾《かし》げた姿勢で男子たちのいる教室の窓を見上げている。頭に被っているものに非常口のライトが当たって、それが土器みたいなものだとハッキリわかる。焼け焦げたような、黒い壺《つぼ》。僕は壺の下の、身体部分へ視線を向けた。貫頭衣のせいで着ぶくれているが、痩せていることだけはわかる。僕は安酸結愛の姿を思い浮かべた。窓際に立って無表情に僕を指さしていた姿。あれと、今あそこに立っている化け物は同一人物だろうか？　被りもののせいで、よくわからない。

窓から漏れる光を確認すると、テルテルボウズは動き出した。天井から吊《つる》されたマリオネットのような、ストップモーションアニメのロボットみたいな、ぎこちない動作で、しかし物音一つたてずに西棟２０３教室まで進むと、刃物を握っていないほうの手で迷いな

く後方ドアを開いた。

ぐわああ――、という驚愕《きょうがく》の声が同時多発的に起きる。

僕は無人の教室後方でドアを閉め、膝を抱えた。耳を塞ぐ。それでも隣の教室からは空気を切るような音が届き、男子の悲鳴が一つ刈り取られた。

「お前を助けに来たんだ」と錯乱した声。「ここが井戸の底なんだろ?」

大串の声だとわかったが、言ってる意味は不明だ。

テルテルボウズの返事はなかった。代わりに、鈍い音が響く。

直後、脇のドアが乱暴に開いた。「ひいっ」という高い声、ゴン、と床に頭を打ちつける音。僕のいる教室のドアのスリット越しに、倒れた生徒と目が合った。その目が僕に気がついて大きく見開かれる。

「あ……」掠《かす》れた声。

黙れ、土岐沢！　と目で応える。

ずるっ。

「せ……せんせ」

土岐沢の顔が滑るようにスリットから消えた。

息をするのも忘れていた。細い薪《まき》を割るような音と同時に、「ぶ」という短い声が漏れ、辺りは再び黒々とした沈黙に彩られた。すぐ近くにテルテルボウズがいるというのに、僕は身体を丸めたまま動けずにいた。長い静寂の後、またドンドンと打ちつける音が二度響き、次いで激しく液体のこぼれるような音が続いた。僕は自分の口元を押さえていた。激しく震えているせいで、自分の身体のあらゆる箇所が思い通りに動かない。気を抜くと、うっかり叫んでしまいそうだ。

スリットの向こうで影が動いた。そっと覗くと、テルテルボウズが異様にゆっくりとした動きで歩いている。頭の土器が安定しないらしく、足元がおぼつかない。よろけるたびに「アツイ……アツイ」と譫言《うわごと》のように繰り返す。

水中歩行のようなスピードでスリットを横切ると、しばらくして廊下を左折する気配がした。

職員室だ、と僕は自分に言い聞かせた。アイツはおそらく事務室前のロビーと職員室を確認した後、正面玄関へ向かおうとしている。想定内だ。相手がこちらの想定の範囲で動くなら、まだ勝ち目はある。そんな風に己を鼓舞し、思い切って教室のドアを開く。足音をたてぬよう、すばやく階段へ移動し、注意深く一階まで下りた。

ウーパールーパーの入った水槽が、電灯に照らされて青白く闇に浮かび上がっている。僕は何度も足をもつれさせながら「もうこれ以上ここにいたくない」という思いにつき動かされて腕を振るい、床を蹴った。

体育館前の玄関にたどり着く。

案の定、ドアは内側から開かない。が、イメージしていた通りガラス部分の割合が大きく、上手に割れば外に出られそうだ。僕は近くに立てかけてあったモップを取り上げ、理科室前の廊下へ視線を走らせた。水槽のブーンという音がする他、何の変化もないようだった。ついで、階段の方向を振り返る。安酸の姿は見当たらない。

——よし、今の内だ！

改めて玄関の扉と向き合い、モップを振りかぶった。そこで手が止まる。

猫。

ガラスの向こう側に、灰色の猫が「お座り」の姿勢でこちらを見据えている。上体が妙に傾《かし》いでいると思ったら、片方の前脚が根元から千切れかけており、黒い血液を垂らしながらブラブラと揺れているのが見て取れた。シーィィイ、と毛を逆立てて牙を剝《む》く。

「あっちへ行けよ！」と窓越しに叫ぶ。

呼応するように、猫が猛々《たけだけ》しい声をあげる。ギナァとかフオゥという狂った鳴き声が、怒号にようにも苦悶《くもん》のようにも、あるいは忠告のようにも聞こえる。

僕はモップの柄《え》を思いきりガラスへ打ちつけた。斜めに三本のヒビが入り、扉の枠が大きな音をたてる。

その激しい物音に思わずハッとなって顔を上げたが、理科実験室の方向。廊下の奥に、まだテルテルボウズの影はない。

ると思っていたのに。

「糞《くそ》っ」と小さく悪態をついた。玄関のガラスがこんなに強いなんて。一発で粉々に砕

玄関の向こうでは、あれほどの物音がしたにもかかわらず、相変わらず猫が座って顔を歪めたまま不快な唸《うな》り声をあげ続けている。——と、その奥に別な猫の前脚が見え、その脚が匍匐《ほふく》前進のように折れ曲がったまま窓へ近づいてくる。

血で汚れたペルシャ猫。それが、大袈裟《おおげさ》に首を傾げてこちらを見ている。いや、ちがう。首を傾げているのではなく、単にその猫の首が千切れかけているのだ。そう気付いた瞬間、全身が石化したかのごとく動かなくなった。ぶら下がった首を揺らしながら「ナーオ」と鳴くのが耳に入るや、今度は何かに弾《はじ》かれた心地がして、僕は「嫌だーっ！」と叫んだ。

初めて「これは、ちがうんだ」とわかった。「一人の殺人鬼が閉鎖空間で頭脳をフル回転させながら復讐を遂げようとしている」。そんな風に思っていた。けれど、それは間違っていた。

もっとずっと得体の知れないものがこの学校にははびこって、意味のわからないことを繰り広げているのだ。

窓の外には続々と身体の欠損した猫たちが集まってきていた。体毛に火がついている猫まで現れた。その火が、べつの猫たちに燃え広がっていく。

——ここから外に出るのは駄目だ！

かといって正面玄関に向かえば、あのわけのわからないテルテルボウズと鉢合わせすることになる。

どうしよう、と頭を抱える暇もない。

依然、理科研究室前の廊下に奴の姿はないが、その奥で何かの影が揺らいでいるような気がする。

僕は深く息を吐いた。

心臓の辺りが押さえつけられたように痛む。

ガンッ！　ガリッ！　と、扉に堅いものを叩きつける物音がした。猫たちがますます荒ぶっており、さっきヒビの入った箇所を狙って執拗《しつよう》に爪を叩きつけている。

僕は小刀を取り出すと、下りてきたばかりの階段を振り返った。

ここを上がって廊下を曲がり、再び事務室前のロビーを抜ける。そこから職員室までおよそ十メートル。腕時計は現在四時を指している。

周囲が明るくなり、保安の職員が出勤して正面玄関を開錠するまで、あと二時間——。外へ出られない以上は校内でやり過ごすしか方法はなく、校内で安心できる場所といったら職員室しか思いつかない。

僕は階段を駆けた。「もう二度と職員室へは戻らない気がする」と予感したのが、もうずいぶん昔のことのように思われた。

結局、出ようと思っても、外では危険や恐怖に晒《さら》されるだけで、職員室に閉じ籠っていること以外、自分には何もできないのだ。そんな自嘲めいた思いを抱きながら二階へ上がる。角を曲がって廊下を駆け抜けると、やがて暗いロビーが眼前に広がる。

暗いながらも、ハッキリとわかった。

床一面に並べられていた轟さんの身体パーツが一掃されている。そして、その代わりに、応接用ローテーブルのところに誰かが立っていた。

「――羽越《はごし》さん？」

血溜《ちだ》まりを踏んで、僕はそれに近付いた。

「よお。どこ行ってたんだよ」と、暗闇に羽越さんの朗らかな声が響いた。

「羽越さん」安堵《あんど》で声が崩れた。「良かった。僕はてっきり羽越さんが、もう」呂律《ろれつ》の回らない舌で言葉を続けようとした、そんな僕を遮るように羽越さんが「見てくれよ！　かなりできあがってきたぞ！」と誇らしげに叫び、事務室前の壁へ駆け寄った。

ロビーの電気がつく。

僕は声にならない叫びをあげて、よろめいた。

「轟さん」

それは、人間というより雪達磨《ゆきだるま》のような気配を漂わせていた。ソファにふんぞり返って座る轟さんの両腕がどのように胴とくっつけられているのかよく見えなかったが、明らかに左右が逆だった。養生テープで乱雑に固定された頭部と胴との接合部分からは時折、湿った音がする。

「卯木山《うきやま》なんか、口ばっかりで何にもできやしないんだ。だけど見ろよ、アイツに言われなくたってこのくらいできるんだよ、俺は」

応えるように、遺体の頭から「くちゃ」という物音。

「どいつもこいつも文句ばかり言いやがって」と羽越さんがローテーブルから耳を拾い上げた。耳珠《じじゅ》にホクロがある、轟さんの耳だ。その穴に向かって羽越さんが「しっかり直してやるから、教頭になれよ」と叱咤《しった》した。

するとと「くちゃ」と、さっきよりも大きな音がして、胴の上に据えられた頭部が微かに揺れる。

そして繰り返し発せられる「くちゃ」が、だんだん明瞭な言葉へ変化していった。

「きょ、うと……う」

固まりかけた血液を口の中でこね回すようにして無理矢理形作られる言葉は「教頭」だった。呪詛《じゅそ》のように未練がましく「教頭、教頭」と唱える轟さんの死体は「教頭」という一念に突き動かされて前のめりになる。

「違う、こんな」

轟さんは、学校などという小さな空間で「出世」を望むような教員ではなかった。もっと抽象的で崇高《すうこう》な理想を教室において見出そうと日々努力し続けた教育者だった。バラバラにされた挙句、パズルのように組み立てられ「教頭、教頭」唱えさせるのは、轟という人間への冒瀆《ぼうとく》ではないか。

「教頭に、教頭に、なりたかっ――」

混乱する僕の目の前で、ますます轟さんの胴体は傾いていき、頭部のバランスが危うくなる。

僕は「こんなのは轟さんじゃない！」と、思わず、倒れかけた彼の胴を両手で支える。ぐじゅ。また湿った音がして、なおも「きょうと」と懇願してくる。僕は「やめろ！」と冷え切った死体を押し返した。大きな粘土のような感触だった。轟さんだったものは、事務室の壁へしたたかに背中を打ち付けると、上に載せていた頭をあっさりと床に落としてしまった。ゴッという重々しい音がロビーに響き、それきり、今までのことが全部嘘だったみたいに辺りは静まりかえった。

「あーあ、またやり直しかよ」

愚痴を言う羽越さんの背中が、一面赤黒い血に染まっている。

そんなわけがなかった。

――そんなはずがない！

僕は己に言い聞かせる。さっきの猫たちも、そしてここにいる二人も、現実にあり得ない存在だ。考えてみれば、こんな異常な事件に巻き込まれているのだから、頭がおかしくならないほうがおかしいのである。僕は心身共に極限状態にあって、だからこんな幻覚に悩まされているんだ。でも、そんな己の状態を客観的に分析できているのだから、大丈夫だ。朝になって救助されれば、僕はまた平常時の精神状態に戻れる――。

これ以上、何も見たくないし何も聞きたくなかった。想像力をなるべく働かさぬよう努力し、周囲のことなど一切考えず、ただ職員室の扉を閉ざし続けることだけに集中して全てをやり過ごそう。

そう心に決めた。

小刀を握り直す。

職員室の扉は、さっき僕が出て行った時と変わらず、ちょっと開きかけた隙間から室内の明かりが廊下へ帯状に延びていた。

職員室と廊下とを隔てる壁面。

そこには大きな黒板が設置されており、普段、学校から生徒への連絡が書き込まれている。今は職員室から差す光のせいでますます暗闇に染まっていたのだが、それでも、そこに何が書かれているのか見て取れた。

「学校祭まで、あと一日！」

昨日書かれたままになっている。

学校祭は、今日だ。

「見ーつけた」

教員室の前に誰か立っている。

誰か、ではない。

長い髪。

華奢《きゃしゃ》な身体。

スカートから伸びた長い脚。

「安酸――」

安酸結愛。

あれほど迷わないと決めていたのに、僕はただ呆然《ぼうぜん》と相手を見つめていた。

彼女は微笑んでいた。無邪気な、屈託のない笑顔。

僕は痺《しび》れた脳みそを必死に働かせながら「あの時はごめん」と頭を下げた。「あの時はついムキになって……いや、言い訳なんかできないな。完全に僕が悪かった。祠を壊して君を助けるべきだった」

「ああ」と、安酸結愛は顎に指を当てた。「あれ、保科《ほしな》先生だったんですか」

僕はきつく目を閉じた。すう、と息を吸う。

「僕は祠を壊していない。なのに僕をこんな目に遭わせるのは筋違いだ」

「今、『祠を壊すべきたった』みたいなこと仰ってませんでした？」

「とにかく、僕はヒスルギ様に祟《たた》られるようなことは何一つしていない」

「どうして先生はわたしにそんな話をなさるんですか？」

「君は、ヒスルギ様なんだろう」僕は彼女を指さした。「ヒスルギ様が憑依している。それで、こんなことを」

「ヒスルギ様？」彼女の表情が変わった。相変わらず口角が上がっているが、その笑顔にさっと朱がさす。「ヒスルギ様なんて、そんなものを信じているんですか？」

安酸結愛は、僕の至近距離に近づいていた。

——なぜだ？　と僕は自問する。なぜ、目の前にいる殺人鬼に小刀を振り下ろさない？

がちゃり、と職員室のドアが開いて、身延さんが「お、保科君」と口を丸くした。

「前夜祭も、そろそろ大詰めだね。ここまでくれば、あとはラクショーだよ」

そう言うと傷口から溢《あふ》れる血液をブランケットで拭き、手にしたマグカップのスープを啜った。傷口から今度は春雨がこぼれる。

「これは、どういうことなんだ」と、安酸結愛に問いかける。

「なんで、こんなことをするんだ」もう、涙で言葉にならない。

「どうして、わたしに訊《き》くんですか？」と安酸結愛が首を傾げる。「ぜんぶ、先生がやったことなのに」

――は？　絶句する僕に、彼女は言葉を重ねる。

「一夜のうちに教員や生徒を合わせて九人も殺し、その罪を一人の女子生徒になすりつけようとする危険で悪辣な連続殺人鬼は、先生です。いくら『ちがう』と仰っても、みんなきっと、先生の言うことを信じません。先生」

唐突に視界が暗転した。耳と首に鋭い痛みが走り、「うわっ」と傷口に触れようとした手がザラザラした何かに遮られる。形容しがたい熱気と腐乱臭。まっすぐに立っていられず、大きくよろけた。肩が壁に打ちつけられる。

――頭に何かを被せられた！

「熱い！」というのが第一声だった。「と、取って」と両腕を前方に振る。

小刀を土器に叩《たた》きつける。何度も叩きつける。割れない。脱ごうとしても、顎や耳が痛くて耐えられない。熱い。熱い以外に何も考えられなくなる。手探りで職員室に入り、バリケードの棚に足を取られて転倒した。頭全体を激痛が襲った。が、首と土器との間から冷気が入り、一瞬だけ人心地が戻った。

「安酸！」

口の中に熱気が流れ込み、叫んだ自分の声が土器の中で反響する。嘔吐《おうと》した。

返事はない。

もう、安酸結愛の気配は近くになかった。というか、誰の気配もしない。

救いのない暗闇の中、職員室に独り残された僕は、ひたすらこの熱さから逃れたかった。熱さから逃れる以外、何も考えられなかった。進路部の棚から泳ぐようにして移動し、手探りであれを探す。

――確か、この辺で身延さんは……。

下手くそなカルタ取りみたいに床をあちこち叩く、そんな僕の指先が、目当てのものに触れた。

乙川さんが振り回していた鉈《なた》。

これで、この土器を、自分の首ごと切り離せば、熱さから解放される……。

ギーンゴーンガーンゴーン

夜明けを告げるチャイムが土器の中で濁って響き、校舎が大きく揺れ出した。

第八話　アトノマツリ

石段の途中で足を止め、後方へ目をやる。

校舎が街灯に照らされて、その上では空が赤らみ始めていた。

朝になる。

取り返しのつかない、致命的な朝がくる。

それに背を向けるようにして、俺はさらに石段を上がっていく。頭に手をやる。学校でテルテルボウズに殴られた箇所が痛む。頭蓋骨に異物を埋め込まれたような痛みだ。

緋摺木《ひするぎ》神社はまだ夜の世界の中にあって、緩慢な腐敗に身を委ねていた。鳥居を潜《くぐ》り、まっすぐに祠《ほこら》へと歩んでいく。末社の扉は壊れ、傾いていた。何年も前に俺が結愛《ゆあ》を助けるために蹴り壊したものが、そのまま放置されているのだ。

祠の中へ首を差し入れる。カブトムシみたいな臭いがする。結愛はよくこんな狭い所に五日間もいられたな、と改めて思う。

祭壇の上には、何もなかった。首を折った人形も、結愛が頭を突っ込んでいた土器も、あの時落ちていた枝打ち用の手斧《ておの》も、周囲に見当たらない。

「外出中」

そんな言葉を、俺は連想した。

首を折られてしまった人形は、なくなった頭の代わりにあの土器を被って学校内を徘徊《はいかい》している。つまり、あのテルテルボウズは自分の本当の首を探しているのではないか？

俺はぶるっと身震いし、近くの井戸を覗《のぞ》き込んだ。重油みたいな液体がここから三メートルくらいの位置に見える。地震のせいで地下水脈の流れが変わったのか、水脈の変化が地震を引き起こしていたのか。

――違う。

俺は顔を上げると、井戸から数歩離れた。あの人形の首を折った後、俺はその頭を井戸に捨てていない。地面に落として、その後、結愛の親父と取っ組み合いをして、ふと見たら消えていたんだった。どうして、首を井戸に捨てたと思い込んだんだ？　あの首は、今どこにある？

ぎゃあ、ぎゃあ、と騒ぎながら、カラスが鳥居の上にとまった。そして、こちらを凝視する。

「もう諦めろ」そう言われている気がした。「何年もかけて準備してきたのだ。人形の首を見つけたところで、何の解決にもならない」

俺は喘《あえ》ぎながら社務所へ駆けていく。

建て付けの悪い扉を無理矢理にこじ開けると、室内に立てかけてあった「絆祭《きずなまつり》」の幟《のぼり》が一本、がたんと床に倒れた。

あの年——俺が結愛を祠から引っ張り出したあの年、工場が倒産したとかで、結愛の親父は町から姿を消した。それから一度も「絆祭」は行われておらず、そのこと自体がこの町の絆の浅さを物語っているようだった。そして今、持ち出される直前の状態まで準備されていたはずの神輿《みこし》が、俺の目の前に据えられている。

「ヒスルギ様は——この神社の御神体は、鏡だぞ」

俺はわななく腕で神輿の持ち手を掴《つか》み、息を切らしながらよじ登る。

どうして今まで考えもしなかったんだろう？

神輿の胴の部分、本殿を模した扉の中に、「御神体鏡」と書かれた木箱が据えてあった。追い立てられているような心地で、それを開く。丸い鏡は、真っ白い布に包まれていた。

「……あった」

結愛が祠に閉じ込められた時点で、御神体は神輿へと移されていたのだ。御神体が本殿から運び出された時点で、末社に封印されていた何かを抑える力が弱まっていた。その上、俺が祠を破壊してしまった。

御神体を布から取り出し、俺は鏡面と向き合った。

乾いた血であちこち汚れた顔が、ぐったりした視線をこちらへ向けている。

言うまでもなく俺の顔だ。

死ぬ間際の兄も、こんな表情をしていた。

＊　＊　＊

「……もし、ヒスルギ様がどんな願いでも叶《かな》えてくれるとしたら、伸二朗《しんじろう》はどんなお願いをする？」

あの日の結愛が、首を傾《かし》げて俺に問いかけた。

「叶いっこない願いを口に出すと切なくなるだろ」

「同じ叶わない願いでも、口に出すのと出さないのとでは大違いだよ。それに、切実な祈りならきっとヒスルギ様が慈悲の心を顕《あらわ》してくださるかもよ」

「ヒスルギ様は仏じゃねえよ」

俺はつい笑う。笑った後、早口で「……俺は佑太朗《ゆうたろう》みたいになりたいんだ」と呟《つぶや》き、またすぐに「というより、佑太朗になりたいんだ」と訂正した。

「うん」と結愛が目を細める。

「俺は佑太朗になりたいんだ」

「うん、うん」

「佑太朗には結愛もいるし。……俺には、誰もいないから」

「伸二朗が佑太朗になっても、わたしは佑太朗が好きだよ？」

「なにそれ、どういう意味？」と、また笑う。

「そのまんまの意味だよ」と、結愛が真顔になった。

「ちゃんと願いを口に出せば、やるべきことが自ずと明らかになってくるでしょ」

「次にやるべきこと……？」

「そう。生まれ変わるためにはいつだって相応の儀式が必要なんだよ」

「儀式――」

鸚鵡《おうむ》返しする俺に、結愛が「隠れて」と囁《ささや》いた。「わたし、実は佑太朗に呼び出されてここにいるんだ。要件が何か知らないけど、君がいると良からぬ誤解を与えるかも」

「えっ」と口を開けた拍子に「儀式」が頭から消えた。

「そういうことは最初に言えよ」と文句を言いながらあわてて後方にある拝殿の扉を開き、手前の太い柱に身を隠す。すると、それを待っていたかのようなタイミングで「結愛」という声が聞こえ、柱の隅から覗くと鳥居の下に兄貴が立っていた。無表情に結愛の顔を見つめ、「待った？」と顎を上げる。

「少し」答える結愛の表情に笑みが戻る。

つられるように兄貴も微笑《ほほえ》んだが、墨汁を落としたような空が低く唸《うな》ると上方へ目をやって「降りそうだな」と、またニュートラルな顔に戻る。

「東京の大学を受けようと思うんだ」

唐突に兄貴は話題を変えた。というより用事を済ませにかかった。

「そこで、今日を最後に結愛とは別れることにした」

「そこで」って、何だよ。拝殿の柱に触れる俺の手に力が入る。受験は受かるのが当たり前。

前。彼女と別れるのも、自分の勝手。

「そっか。わかった。でも、一応、確認のために理由を聞かせて」

「東京に行くから」

「それは理由じゃなくて言い訳」

「お前、そういうキャラだったたっけ？」と兄貴は首を振った。

「理由なんか簡単だよ。僕は長男だから、家格の合わない娘とは本気で付き合えないし、何日も行方がわからなくなるような女を僕は信用しない。それに――」ふ、ふ、と兄貴は肩を揺らした。「お前には伸二朗のほうがお似合いだよ。あれは僕の下位互換だから」

俺は結愛の背中を見つめた。彼女は今、どんな表情を浮かべているのだろう。

兄貴は、お構いなしに言葉を続ける。

「でもさ、弟にくれてやる前に一回くらいヤらせろよ」

俺は耳を疑った。兄貴は冗談を言っているんだ。これはＴＰＯを弁《わきま》えないジョークだ。そう思い込もうとしたが、兄貴はそんな俺の思いを踏みにじるように言った。

「どうせもう、あのアホな父親にヤられてんだろ」

ジーンと頭の奥が痺《しび》れていくような感覚があった。

昔の、あの優しかった兄貴はもういない。父や母たちと同じ、「あっち側」の人間になってしまった。己の役回りを無条件に受け入れることを成長と呼ぶのなら、兄貴はいつの間にかすっかり大人になってしまったのだ。

結愛が答えた。

「ここで佑太朗に襲われたとしても、誰も助けに来てくれないだろうね？」

その一言が、俺たち兄弟に全くちがった作用を及ぼした。

兄貴はニヤニヤ笑ったまま制服の上着を脱いだ。

俺は拝殿の柱から視線を巡らせた。涸《か》れ井戸、祠。その間に転がる土器の壺《つぼ》、それに枝打ち用の手斧。使えるものがない。兄貴はもう結愛の肩に手をかけている。

「何やってんだよ！」

たまらず飛び出し、兄貴に駆け寄った。兄貴はこちらに視線もくれず殴ってくる。気がつけば涸れ井戸の近くに倒されていた。口の中に錆《さ》びた鉄の匂いが満ちていく。

知っていた。俺は兄貴には勝てない。この世界にはそういう定理がある。兄貴がいて、俺がいる以上、これは絶対だ。噎《む》せながら上体を起こすと、拝殿の前の階段で結愛にのしかかろうとしている兄貴の姿が見えた。結愛が首を持ち上げて、こっちを見ている。その顔が、兄貴の背に隠れる。

「結愛から離れろ！」

俺は枝打ち用の手斧を振った。「結愛から離れろ！　本気だぞ！」

兄はそんな俺の姿を一瞥《いちべつ》すると、「ふ」と胸を揺らした。

「これが済んだら、お前に譲ってやるよ」

舌を突き出し、結愛の頬に近づける。もう、こっちのことなんか見ていなかった。俺は手斧を落とした。その瞬間、ずっ、という地響きがして、いきなり豪雨が降り始めた。庇《ひさし》の間から漏れる雨水が背に当たり、兄貴は「ちっ」と顔を上げる。

その頭に、俺は思いきり土器を被せた。

凄《すさ》まじい反応だった。

兄貴は獣のように叫び、拝殿の階段から仰向けに転落した。後頭部を賽銭箱《さいせんばこ》に打ちつけ、追い立てられるように境内を彷徨《さまよ》い、また喚《わめ》く。文字にできないような悲鳴だった。

ぬかるんだ地面に足を取られて激しく倒れる兄貴を見て、結愛が笑う。確かに、見ようによってはスラップスティックみたいで愉快なのかもしれないが、俺はひたすら動転していた。予想を遥《はる》かに超える事態だった。思わず駆け寄って「ごめん」と肩を抱いたら、

「外せー！」と声を涸らして叫んだ。

やはり、ふざけているわけではない。

「今、助けるっ」と、つんのめるように応え、俺は土器を抱えた。黒焦げの土器は表面がザラザラしていて摑みやすかったが、思い切り引っぱると兄貴が「があーっ！」と泣き声をあげた。

「どこか引っかかっているのか？」

「痛い！　熱い！」訴えながら激しく首を振る。土下座の姿勢で何度も地面に頭を叩きつけているが、土器には傷一つつかない。やがて兄貴は「熱い！」しか言わなくなった。

「どうしよう」と、俺は結愛を振り返った。自分でも気付かない内に泣いていた。

「『徒然草《つれづれぐさ》』だと、強引に、鼻や耳ごと引き抜いていたはず」

「もう少し現代的な知恵を出してくれ！」

「助けを呼ぶ」と結愛がスマホを突き出す。

「それだ。警察？　救急車？」

「こういう場合って、レスキュー隊とかじゃないの？」

「待てない！」

俺たちの会話を聞いていたらしい兄貴が怒号をあげた。「そんな時間ない！　息ができない！　熱い！　とにかく取ってくれ！　今！　すぐ！　熱い！」力を振り絞るように叫びながら、その勢いで立ち上がり、「ああ！」などと大声を発しながら酔っぱらいみたいな足取りでまた境内を歩き回る。

兄貴は雨と泥とでグチャグチャだった。黒い土器は兄貴に揺られながら雨を受け続け、表面から水蒸気を昇らせていた。

「お前のせいだぞ！」と兄貴。俺に向かって言っているつもりらしいが、指さした先が末社の祠を向いていた。そして、それで最後の体力を使い果たしたのか、一気に脱力して涸れ井戸の近くでまた倒れた。土器と首との間から出血が始まっていた。

「兄貴！」

俺は水溜《みずた》まりから手斧を拾い上げた。兄貴は井戸に頭を突っ込み、トイレで嘔吐《おうと》している人のような姿勢になっている。ヒュー、ヒューという不吉な音が漏れてきた。いい考えとは思えなかったが、もう一刻の猶予もない。俺は手斧の柄《つか》を握り直した。

「兄貴、動くなよ！」

イチかバチか、だった。

俺は兄貴の頭に手斧を振り下ろした。

ガイン、という音と共に手斧は弾《はじ》かれる。ダメだ。全然、割れない。

「何か、今のって桃太郎《ももたろう》みたいだったね」と、結愛が不謹慎なことを言う。

俺は結愛を無視して「やっぱり救急車を呼ぶしか」と言いかけた。すると、兄貴が「ウウウ」と唸りながら落とした手斧を探り当て、素早く引き寄せた。井戸に頭を突っ込んだまま「ヒュー！　ヒュー！」と肩で息をする。

「いや、」

俺は兄貴の背に触れた。「自分でやるのは危ないよ。もう一度、俺がやるから」と、手にした斧を引き取ろうとしたら、柄を握る兄貴の力が強くなった。拒絶するように刃を持ち上げる。

と、次の瞬間、孫の手で背中を掻《か》くように斧を振り、兄貴は自らの首を切断した。触れていた兄貴の背中がびくん、と跳ね、かろうじて繋《つな》がっていた首が、その衝撃で胴体から千切れた。土器が、中に兄貴の頭部を詰めたまま井戸の底に落下する。兄の胴から火山のように噴き出した血液が、一滴残らず井戸に注がれる。俺と結愛は言葉もなく、じっとその様子を見ていた。

そのまま、どれくらい放心していただろう？

結愛に呼ばれて我に返ると、周囲の雨音が急に大きくなった。境内の景色が色彩を取り戻していく。

結愛が、首を失った兄貴の背中を抱きしめている。と思ったら、そのまま介助するように遺体を押し上げ、井戸の中に落としてしまった。

「何で」と問いかける声に力が入らない。愚問を吐いている自覚があった。

　結愛は質問に答えず、拝殿まで戻って兄貴が脱ぎ捨てた上着を回収し、これも丸めて井戸へ捨てた。

「儀式」という言葉が俺の口をついて出た。

「ん？」と結愛が丸い目になって振り返る。

「さっき言ってたじゃん、儀式って。もしかして、それって」

「言ったっけ、儀式なんて」

「言ったよ！」叫んだ。「俺が『佑太朗になりたい』って言ったら『相応の儀式が必要』って、言ってたよ！　でも！　こういうことじゃないんだよ！　こんなんじゃダメなんだよ！　だって、俺が兄貴を殺したんだ！」

　結愛の肩に手をかけた。彼女の目が丸くなっていた。俺が何を怒っているのかわかっていない。理不尽な怒りをぶつけられて当惑している。頭の上に「きょとん」と文字が浮かんでいる感じ。

「ちがうんだよな？」と俺は彼女に顔を近づけた。「これは、ただの偶然なんだよな？　たまたま思わせぶりに『儀式』とか言っちゃっただけで、それと兄貴の死とは無関係なんだよな？」

「佑太朗が望むほうを信じればいいと思うよ」

「兄貴が？」

「ちがう。佑太朗は、あなた」

目に映るもの全てが、ぐにゃりと歪《ゆが》んだ。

「お前は、誰だ」

「あなたが佑太朗であるように、わたしは安酸《やすかた》結愛だよ」

「お前は、ヒスルギ様、なのか」

思うように声が出ない。喘ぐように問いかけると、結愛は声を出して笑った。

「お父さんから聞いたでしょう。そんなの迷信だよ。ヒスルギ様なんていない。ただの鏡だよ」と拝殿を指さす。

「もっと正確に言うなら、ヒスルギ様は〈物語作り〉に失敗した神なんだ」

――百年くらい前に、緋摺木村で陰惨な殺人が二件、三件と続いたことがあって、耐えきれなくなった村人たちが、村に住む神憑《かみつき》の娘に占わせたんだよ。そうしたら、「ヒスルギ権現《ごんげん》」と称するものが娘に憑依《ひょうい》して、こう語ったんだ。

「この五年ばかり、緋摺木神社への扱いが粗略になっている。故に、外部から良くないものが引き寄せられるようになっている。二月ほど前から村長の家に居つく行客《こうかく》がそれである」と。

調べると、確かに件の行客が村長の家で世話になっていた。行客の女がやってきたのはちょうど二ヶ月前――バラバラ殺人の始まった時期である。

住民たちは村長の家に押し掛け、行客を捕らえた。行客は髪を振り乱しながら己の無実を訴え、自分を害するものがあれば末代まで祟《たた》る、と言った。住民たちは行客の頭に素焼きの壺を被せ、ヒスルギ神社の正殿前で焼いた。行客は『熱い、熱い』と絶叫し、悶絶《もんぜつ》し、頭を焼く炎が周囲の木々に引火した。こうして村全体が火事になり、焼き払われた――。

「お前は何の話をしているんだ」と俺は首を振った。どうして今、こんな話を聞かされなければならないのか。彼女の話が全然頭に入ってこない。

「こうした代償を払った結果、村に平和が戻ってきました。というのが、神様が作るべき『正しい物語』なんだ。だけど、この村の神様は、それに失敗した。つまり、これだけの代償を払ったにもかかわらず、殺人は続いた。住民は行客の無実を知り、その祟りを怖れた。そこで、神社の正殿脇に小祠を築き、行客の魂を鎮めたってわけ」

「お前が、それなのか」

「それってどれ？」

「何でもいい。何でもいいから全部、元に戻してくれよ。……結愛も、佑太朗も」

「どれほど切実に願ったって、過去の出来事をなかったことにするなんてできないよ」

「じゃあ、せめて――！」

俺は結愛に取り縋《すが》り、「今日あったことを全部忘れたい！　全部忘れさせてくれ！」と泣き喚いていた。

「そうだね。美しい記憶で終わらせたほうが、あなたは佑太朗を演じやすいのかも」

頷くと、結愛は胸の前で両手を合わせた。そして、その手をゆっくりと俺の額にあてがう。「大丈夫、心配することないよ。わたしが全部何とかするからさ」

その声は、まるでかつての結愛みたいに柔らかかった。

「見たくないものや、見せたくないことは、全部ここに捨ててしまえばいいよ。……でもね、これだけは忘れないで。黄泉《よみ》の国へ死者が収まりきらなくなるように、この井戸へ放り込んだ嫌なものだって、いつか大地を揺らしながら溢《あふ》れ出すようになる」

鏡の中の俺が、突然強烈な睡魔に襲われたように倒れるのが見えた。

それを見下ろす、結愛の顔。

「溢れ出した時、ちゃんと側にいてね。わたしを闇の世界に帰さないで」

＊　＊　＊

鏡が、拝殿の床に落ちる。

——何だ、これは。

全身の震えが止まらない。

「拾わなければ」と思うが、その拍子に鏡を覗いてしまうのが恐ろしい。覗いた途端、あの悪夢の続きが脳裏に再生されそうで、身が竦《すく》む。深く息を吸うことができない。心臓が狂ったように暴れている。

——あれは鏡が映しだした幻影だ。悪夢ではあるが、悪夢でしかない。

社務所の中で、神輿の装飾がカチャカチャと音をたてはじめた。身体で感じるのが難しいくらいの地震が起きているらしい。遠くから、学校のチャイムが微《かす》かに聞こえてくる。

俺は再び御神体に手をかけた。

近くで一本、幟が音をたてて倒れた。

煤《すす》けた布の上に「絆」の文字がくっきりと浮かんでいる。

——これは、幻影なんかじゃない。

直感した。

俺は、忘れてはならないことを忘れていたんだ！

直視できないものを、井戸の奥底に封じてしまっていたんだ！

俺はその場で吐いた。

黒々とした吐瀉物《としゃぶつ》が、拝殿の床を汚した。それでも、涙を拭きつつ鏡に向き直る。

丸い鏡面には俺の背後——社務所の入口が映っており、その中央に血塗れた女が立っていた。

前髪のせいで表情が見えないけれど、すぐにわかる。

結愛だ。

今、背後に確かな気配を感じる。

「駄目だよ、そんなものを覗いたりしたら」と、俯《うつむ》いたまま言う。

「兄貴と、俺の友だちを殺したのは、お前だな」と俺は鏡越しに言い返す。

「それは正確じゃないね。わたしは、わたしの役割を果たしただけだよ。あなたも、自分の役割を果たした。その結果、何人か死んだ。わたしたちが共犯だと、あなたが一番よくわかっているはず」

「結愛から出ていってくれ」

鏡を掴む指に力を込める。目の前の化け物はどういうわけか、この鏡にこだわっている。実際、これと向き合うことで、俺は兄の死の真相を思い出すことができた。

――この鏡を結愛に向けたらどうなるんだろう?

再びヒスルギ様がこの町の中心に降りる。

親は子どもとキチンと向き合い、恋人は家格などという概念に縛られなくなる。教員は生徒に希望を与え、神社で猫がバラバラにされることもない。異常なことが起きても、一部の曇りもなく事件は解決し、すぐに平穏な日常が恢復《かいふく》する――。

「……本当にそれでいいの?」

結愛の声に、俺の手が止まる。

「その手に持った御神体が見せた真実の中に、何か救いがあった？　佑太朗はそこで生きていきたいと思える？　そこに佑太朗の居場所はあるの？　好きな子を虐待から救い出せなかった。お兄さんをその手で殺してしまった。友だちももう戻ってこない……佑太朗は、そんな真実と向き合って生きていける？　わたしは佑太朗の望みを何だって叶えてあげるよ？　だって、佑太朗はわたしがいなければ佑太朗でいられないでしょう？」

「俺は、佑太朗じゃない」

「わたしだって、結愛じゃないよ」

拝殿の、結愛と扉の隙間から、朝の光が差し込んでくるのが鏡越しに見えた。

そう。

もう、朝だった。

俺は、鏡を抱えたまま振り返った。

朝陽を受けて、そこに結愛が立っている。

「そんな真実《つまらないもの》なんて、その手で壊してしまいなよ」

まっすぐな瞳に、儚《はかな》げな笑顔で。


（了）

fHM
futami
HORROR × MYSTERY

作品に関するご意見、ご感想等は
東京都千代田区神田三崎町 2-18-11
fHM文庫編集部まで

本作品は書き下ろしです。

前夜祭《ぜんやさい》

2022年1月20日　初版発行

著者 ……………………… 針谷卓史《はりやたくし》

発行所 ……………………… 二見書房
東京都千代田区神田三崎町 2-18-11
電話　03-3515-2311（営業）
03-3515-2313（編集）
振替　00170-4-2639

印刷 ……………………… 株式会社堀内印刷所

製本 ……………………… 株式会社村上製本所

乱丁・落丁本はお取り替えいたします。
定価はカバーに表示してあります。

ISBN978-4-576-21205-0

https://www.futami.co.jp